故园

林贤治 著

WUHAN UNIVERSITY PRESS
武汉大学出版社

图书在版编目（CIP）数据

故园/林贤治著.—武汉：武汉大学出版社，2020.10
ISBN 978-7-307-21582-5

Ⅰ.故… Ⅱ.林… Ⅲ.散文集—中国—当代 Ⅳ.I267

中国版本图书馆CIP数据核字（2020）第096935号

责任编辑：赵　金　　　装帧设计：李婷婷　　　特约策划：三鸣堂文化

出版发行：武汉大学出版社（430072 武昌 珞珈山）
　　　　　（电子邮箱：cbs22@whu.edu.cn 网址：www.wdp.com.cn）
印刷：湖北新华印务有限公司
开本：889×1194 1/32　印张：9.75　字数：177千字　插页：2
版次：2020年10月第1版　2020年10月第1次印刷
ISBN 978-7-307-21582-5　　定价：58.00元

我出生在一个村子里，
现在依然生活在村子里。

——[英]雷蒙·威廉斯
《乡村与城市》

目 录

通往母亲的路

他并没有找到重返母亲故乡的路。

——[英国]弥尔顿《复乐园》

十四年前的那个清晨，夜雾未散，我同亲人一起在呜咽的唢呐声中把母亲送出村外，然后让她孤身一人耽留在荒丘之下。细想起来，这是多么残酷的事情，然而我无力抗拒。从此以后，我再也看不到母亲的面容和那熟悉的佝偻的背影了。

每逢清明还乡，进门便看见堂前燕子的空巢，那么刺眼。庭院里种植多年的铁树一直恣意生长，旁若无人。厅堂没有什么布置，显得有点寥落，原先的一张大方桌不知被摆放到了哪里。墙壁张贴的年画早已褪色，也没有更换。神台仍在，炉香仍在。我常常独自走进里屋，在暗影中站立片刻；或者伸手摸一下母亲的眠床、木箱，用过的米缸、箩筐，偶尔打开柜子看看她年轻时纺织的白麻布匹……目睹几十年、一百年的旧物，以及蒙覆其上的灰尘和虫蛀的细屑，心里不能不感到一阵空虚、恐惧与悲凉。

　　墓草一年年照例地绿。我简直不敢相信，我与母亲相隔绝竟然有了十四个年头！

　　惊觉之余，不免失悔于母亲在世时，自己太过悭吝，舍不得匀出更多一点时间陪伴她。对此，我当然可以拿出关于谋生的各种理由为自己宽解；事实上，这种无意的疏远，正是因为长期忽略了母亲的存在。平素，我便很少和母亲交谈，即使谈话，也多限于日常事务，不曾触及内心。对于母亲，我到底知道些什么？我所能做的，唯在物质的供给上面，即所谓"赡养"而已。

　　可诅咒的文字加深了彼此的隔阂。作为文盲，母亲根本无法阅读我的著作，虽然她会把书捧在手里细细抚摩、翻弄，并且准确地记住书的页码。而我，在意识和潜意识中，竟也像从前那些傲慢的士大夫一样，把母亲看作"愚妇人"；她说的话，听起来总是觉得琐碎、冗长、没有意义。

　　母爱是自然的、无私的，没有边际，盲目而伟大；而子女之爱——如果存在的话——是反应的、被动的、有限的，到底是自私的。唐代诗人孟郊有诗比喻道："谁言寸草心，报得三春晖！"母亲把慈爱施与儿女，从来不图答报，就像太阳把光辉无言地洒落大地，而大地上的生命，获得它的恩泽却浑然无觉。

　　时间之流深且阔。十四年来，我寻不到通往母亲的路。唯一的可能，兴许是乘坐记忆之舟了，然而，这又是多么虚妄的事情啊！

我不禁想起古代的一则刻舟求剑的故事。我就是那个涉江的楚人，如今坐在船上，且在船边刻下许许多多的记号，而到了最后，不是照样寻不到已然失落的珍爱之物吗？水流迅疾，逝者如斯，我发觉过往与追寻的距离是愈来愈远了。

1 土匪的女儿

母亲是邻村廉村人。说是邻村，其实同我们村子相隔十多二十里路，只是中间见不到其他村子，由一片山地逶迤相连。在当地，两个村子都算是大村，有好几百户人家。不同的是，我们村子面朝大海，廉村则陷落在茂密的山林中间，小时候跟随三姐出城路过，印象有点阴郁。传说过去土匪经常在廉村一带出没，想来是有根据的。

我的外祖父恰好就是一名土匪。

母亲七岁那年，他被他村里的人砍死了。

所谓匪，大约可分两类：一类劫夺富人，一类反抗官府。不管属于哪一类，外祖父铤而走险，终不免同贫困有关。或许，比起其他佃户，他的血液中会多出一种容易着火的燥烈的物质。三姐从祖母那里得知，由于外祖父的行动过激，他在同伙中死得特别惨。

母亲从来不曾告诉我们这些，不但不说外祖父，而且也不说她自己。她不会说故事。她是一个没有故事的人。

母亲像

外祖父死后一年，外祖母偷偷改嫁。她把母亲一个人弃留在家里，托母亲的一位堂嫂照管；随后，又托嫁到我们村里的大姑母物色可靠的人家。这样，母亲不久便成了我家的童养媳。

三姐说，母亲过门之后，外祖母一共拿到九吊铜钱。在农村，婚姻是一桩买卖，九吊钱就是母亲生命的价格了。

母亲失去父爱，继而失去母爱，完全成了一个孤儿，被抛入感情的无涯沙漠里。土匪的女儿是受歧视的。这时，母亲连一个玩伴也找不到，只好独自躲在家里，直到肚子饿了才会跑到堂嫂家里去。

我们周围一带农家，往往是同房的几户合住一座祖传大屋，即便单门独户也是极逼窄的，只有少数富人的住家才有院子，有窗户，配享屋外的阳光。母亲整天关在阴暗的屋子里，无异于小囚犯，幸好她的堂嫂教会她纺线，有活可干了。

在我们乡间，每逢收获时节，麻农就会到田里把成捆成捆的白麻搬到河边或水塘里浸泡，数天之后，再捞起来去除表皮，晒干，将纤维编成一小股一小股，然后用纺车纺成细线，这样就可以上机织布了。小时候，我亲眼见过母亲和祖母坐在一起纺纱织布。织出的麻布非常粗糙，叫夏布。母亲把夏布漂染成蓝色和黑色，裁制过多件衣服，一直穿到20世纪90年代。纺纱原本是大人的劳作，需要耐力，现在却缠住了一个孩子。

受困于无援的孤境，我有时会想，母亲做过抵抗的尝试吗？我知道，母亲喜欢歌谣，几十年过后，当她在床上拍着我的小手唱起来时，还是那么兴奋。我想，当她感到孤单难耐的时候，一定会低低地唱起来。让沉默的四壁多出一个声音也是好的，况且歌谣会唤出些花鸟、星星、月亮，唤出母亲和众姐妹、灯笼、花轿和新嫁娘，唤出一片想象的天地。除了歌谣和想象，母亲没有属于她的多余的东西。

不幸吞噬了母亲的童年，把她过早地推入了成人世界。我从懂事的时候起，看见的母亲就是严肃的、深沉的，没有一点幽默感。几十年间，我从来不曾听见她出声地笑过。她把忧患藏在心底，不轻易向人倾诉，哪怕是朝夕相处的亲人。生活教育了她，使她觉得说话是没有力量的。她是行动主义者。她倾向于内心，孤独使她的内心强大。

外祖母离开廉村，远嫁到海边一个叫清秋园的村寨。厄运之手继续追捕她，生下两个男孩之后，丈夫就病死了。农村家庭没有了男人，田地又少，日子的艰窘可想而知。

母亲把大舅父领到我们家，让三舅父陪伴外祖母。大舅父那时年纪小，就教他放牛，长大再干庄稼活，后来还给娶了媳妇。直到土改，斗地主分田地，大舅父才返回老家。

母亲很孝顺外祖母，也许是同为女人的缘故，母亲对于外祖母所做的一切，包括改嫁时把她抛弃在家、卖作童养媳等等，都有同情的理解，并不记恨。去看外祖母时，母亲总是设法多带粮食，大米薯芋都有；卖柴草攒下的几个小钱一定是给了的，有时还从父亲那里要一点。要是外祖母来看母亲，母亲一定挽留久住，让外祖母多吃上几顿白米饭。当然，也得看我祖母的脸色，要是发觉不对，就赶紧打发外祖母走。

我喜欢外祖母，因为她来时，总会带上我爱吃的糖糕。她身材颀长，面貌清癯，性情沉静，不像是一个饱受磨难的人。我见过母亲的堂嫂，我们叫她通舅母；母亲很敬重她，感念她在少时的照顾。通舅母的命运也很惨，丈夫死了，儿子和儿媳也都死了，一个人拉扯三个孙子长大。她长着一副娃娃脸，人很开朗，说话快而响亮，仿佛从来不曾遇到什么不称心的事。至今想起，仍然觉得不可思议：一个农妇瘦小的躯体里，怎么会储存着那么大的能量！

看见母亲，有时候会无端地想起外祖父，猜度他的样子，并且往往同土匪联系起来。

母亲长得不像外祖母，中等身材，圆脸，细眉，但不是女性常见的新月状，而是末端翘起，有点剑眉的样子；鼻子略短，眼睛不大，有一种坚定的光。最惹眼的是一头浓密的鬈发，这是外祖母所没有的，我想一定得自外祖父的遗传。有一条谚语道："鬈毛狗，鬈毛羊，鬈毛汉子恶商量。"大约因为天生鬈发的人少，所以在乡下人眼中，会把它看作叛逆的、不驯的象征。

我也长着一头鬈发，母亲给的鬈发。可想而知，在我的身上，一样流着土匪的血液。

2 一生走不出村子

母亲做童养媳那年，才九岁，留在出生地的时间太短，剩下可记忆的东西只有梦魇。大约为此，在我们面前，她从来不提廉村的名字。

如果有做自我介绍的场合，母亲定然说她是旦祥人。不知从什么时候起，她已经暗暗地把接纳她的村子当作故乡了。

因为平时没有什么买卖，家中的各种事体都由父亲操持，母亲便很少到墟镇去。她不喜欢闲荡，白天大部分时间耽留在田地里，若有少许空闲，也不走门串户，来来去去不出左右三条巷子。村里的男女似乎也都这样。我们把村里人分为"南头人"和"北头人"，鸡犬之声相闻，而村南村北的人们确实是老死不相往来的。

1962年，三姐得了重病到县城医院治疗。这时，母亲才有机会一睹城市的风貌。高大的楼房、宽阔的街道、洁净的公厕、花花绿绿的商店、玻璃橱窗、霓虹灯、公园、花圃等等，都让她感到无比新奇；可是，她对于这一切又毫无倾慕之意。她不是那种吃不到葡萄便说葡萄酸的人，她根本想不到葡萄；她是一个习惯啃酸果子，而且能够从酸苦中嚼出甜味来的人。

80年代初，妹妹在县城找上对象，安了家，母亲相随着一起生活。没住上几天，她嚷着要回老家，家里没亲人照顾，过了一段日子，妹妹又得接她出来，弄得非常麻烦。后来，我把她接到省城居住，也是一样的情形。省城距老家近三百公里，途中要两次改乘渡轮，八十岁的人说来就来，说去就去，什么车马劳顿，一点不以为意。总之不管人在哪里，最后还是要回老家。

家在哪里呢？父亲已经去世，仅有的两个密友也已先后故去，所谓家，只残留一间老屋的外壳，我不知道母亲归去有什么意义。直到后来，我才发现，事情并非如我臆想的这样。

在母亲那里，老家明显宽广得多，除了家人、家畜、灶房，还有周围的人，那毗连着的蘑菇般密集而低矮的农舍，甚至村子上空的太阳、远近的山冈、河流、田野、大路和小路，都同家有关。凡是她所经历的，日常亲近的，为她的双手所触摸过的，都是她所挚爱的。凡是她所挚爱的，她都依恋着，不愿舍弃。故乡牵系着她的心，收摄了她的灵魂。我的所谓"意义"是什么呢？它太抽象，太理性，硬而且冷。母亲不需要什么意义，只需要爱。对于她，家乡就是家与乡的联结；如果说有意义的话，这意义便完全蕴含在爱中间。

母亲晚年几次向我提到同一件事，就是举家返回乡下造屋。连房子选址都有了，可见未来的家庭图像，在她的心里摹画已久。她说，房子就建在村头大榕树旁边，紧靠远英家的南墙。那里离市场近，人多，热闹，有大块空地，小孩子可以跑动嬉耍。再有，南面是稻田，没有房屋遮挡，要是大热天，南风那个吹呀，不知有多凉快。关于职业，她让我重做乡村医生，为大家看病

故 园

老屋

没有什么不好；给妻买一部缝纫机，为大家做衣服。她还担保说，勤勤恳恳地做事，饿不死人的。说到未来之事，母亲有一句口头禅就是"假如饿不死的话"。预设这样的前提，是因为她长期以来把温饱看作生活的最高纲领。对于饥饿的恐惧和对不可测的命运的敬畏，已经深植于她的内心。她还嘱咐说，等孙子大学毕业，也回到村里去，到邻近的五羊村讨个能干活的媳妇。我一直以为母亲是一个现实主义者，只顾及眼前的事务，想不到她还有这样深远的谋虑。只要想到将来，想到后一代的幸福，她就变成了一个浪漫主义者。

母亲在城市生活多年，然而漠然无感，远离家乡却依旧一往情深。自从父亲去世，母亲就被我和小妹当作一件老家具一样搬来搬去，实际上沦为一个没有意志没有尊严的人。我们思量着怎样把她安顿好，买席梦思、空调，安装抽水马桶，却始终无法安顿她那颗彷徨的心。

中秋节晚上，我拉着母亲步上人行天桥赏月，观览脚底下闪闪烁烁的远去的车流。母亲凝望了好一会，回头感叹着说："不能说这里不好，可这里不是我的家。"

"住烦腻了，我会送你回到四妹那里去。"

"那里也不是我的家。"

"那么说，老家才是家吗？"

她没有回答，然后又摇了摇头。

俗话说："叶落归根。"虽然儿女们都远离了乡土，作为归宿地，这里终究成为母亲最后的选择。

住医院期间，母亲一再要求返回老家，我没有答应。由于院方对母亲的病情缺乏明确的诊断，我一直心存幻想；考虑到乡间恶劣的医疗条件，只好让老人家像一段木头般地躺在原处，一天天输液，一天天耗着。她没有办法，毕竟是一个任人摆布的人，作为抗议，唯有整天阴沉着脸，不言不笑。

有一天，主治医生找到我说："办法已经用尽，还是出院吧。"

我要了救护车。当车子慢慢驶近村口，母亲望见窗外的绿树，已经灵敏地感觉到了自己的村子。待看到自家熟悉的门楣，她的眼睛倏地亮了，脸上终于露出久违的笑容。

那一刻，我说不出有多难过。

3 永远的劳作

从做童养媳的那天起，母亲便跟着祖母上山打柴。

祖母为母亲特制了一根"担枪"和一双"皮底"。担枪是一种两头尖利的圆扁担，便于穿刺柴捆，犹如枪刺，故名。皮底用汽车轮胎削制而成，前端有小胶圈套住中脚趾，后端由麻绳缩系。这种土凉鞋轻便，稳当，攀走山路最合适。担枪和皮底都是大人的用物，除了母亲，据说没有人用过"小号"的。

打柴要到罗琴山一带的大山里去，那里的木柴质地好，草也茂盛。20世纪70年代，我曾同两位药工一起进山采挖草药。山深林密，遮天蔽日，我们分头行动，也得不时地呼唤一声，以防走失。从我们村到大山要走三十里羊肠小道，路上满是石子和荆棘。试想，一个孩子挑着重担，跟随大人翻山越岭，涉溪过涧，是何等艰难。因为路远，上山的人天明前就要结伙起行，一天的粮食就是布兜内的几根番薯，外加一瓦罐稀饭。祖母领母亲一个月后便不再上山，剩下母亲一个人跟着别的大人跑，向晚才到半路接母亲的担子，叫"接柴"。三姐说，母亲曾经重重地摔过一回，瓦罐打破了，只好从草间寻得一点碎裂的番薯，再喝上几口溪水充饥。

一次砍伐间，母亲突然一声惊叫："大虫！"接着放声大哭。村人闻声赶来，忙问大虫在哪里，母亲指着一片草丛，上面栖息着一只红色大甲虫。

"这就是大虫？"

母亲哭着连连点头。众人捧腹大笑，从此，母亲遇上大虫的故事成了村人的笑谈。

几十年后，三姐说起来，仍然是边说边笑，因为在她看来，母亲实在是一个愚妇人。不过，那时的母亲还不是一个妇人，而是在一个与世隔绝的环境中长大的孩子。她只听说过大虫的可怕，并不知道大虫就是老虎，而且是庞然大物。

据说当时母亲在众人的笑闹间，并不觉得羞惭，只是不停地呜呜哭着。

她太小了。

　　母亲十五岁时在一个极简的仪式中成婚。婚后不久，父亲远赴白沙墟附近教私塾，留下母亲一人在家侍奉祖母，生儿育女，垦植田地。日常开支及涉外事务是不用母亲管的，父亲将家用钱交给三叔父，由他全权支配。

　　几年过后，父亲返回本村行医。这样，母亲一样不用管事，只是辛劳如故。

　　天还未明，母亲就悄悄起来做早炊了。入学之前，我一直和母亲睡在一起。一觉醒来，发觉不见了母亲，不免有点着慌。在黑暗的屋子里，只要听到灶间传来的番薯跌进木桶的隆隆声、搓洗筷子的哗哗声，心里就会踏实许多，觉得母亲仍然睡在身旁，不再害怕老鼠和鬼怪从床底下爬出来。

　　起床后，不见母亲的形影，原来她又赶到三五里外的瓜菜地忙活去了。播种，移植，接枝，搭架，当然还有浇灌，母亲干完这些活计之后，才挑着新摘的菜蔬瓜果之类回家。她见我喜欢金黄的菜花，次日就摘了满满的一束番芋花，后来还摘过几次。番芋花真是美丽极了，那红色之红简直无与伦比，近似美人蕉，花形却没有美人蕉夸张，有点亭亭净植的样子。我想，母亲摘花全然是讨我的欢喜，因为平时并不见她喜欢野花，许多农妇好像也都这样。审美是需要余裕的，没有闲时光，便把最朴素的美学给暗暗扼杀掉了。

　　从园圃回来，这时太阳升起，一天劳作的序曲算是奏罢，真正的戏剧上场。舞台是水田和坡地，这是多幕剧，转场或不转场，直到夜色沉降，不用落幕的。

过去，据说我家的水田较多，大忙时节要雇请短工，土改时差点被划为富农。此后，父亲虽忍痛割弃了远处的一些山田，但又不敢请人帮忙，母亲作为田地中的主角，戏份就更重了。三姐说，有一年六月，母亲妊娠水肿非常厉害，几乎走不动了，仍旧要下田。那时三姐念高小，功课也顾不上，跟着母亲割插。一天，三姐贴近母亲身边插秧，听见母亲呼哧呼哧直喘气，实在忍不住了，叫她放下秧盆休息。母亲不听，三姐立刻罢工抗议，她才勉强上田，坐在湿漉漉的田埂上喘息，连走上田头的气力都没有了。

六月是农家最难熬的季节。在南方，这是台风季、雷雨季，而我们村子又惯发大水，割插连在一起，人们实在连喘息的时间都没有。

我中学毕业回乡，在田野中度过六个盛夏，尝受过此中近于残酷的体验。天上烈日烤炙，脚下田水蒸腾，十足的"赴汤蹈火"。假若大雨倾盆而至，根本无须躲避；身上湿了又干，干了又湿，在我们是惯常的事。我参加生产队劳动的时候，母亲已经年过半百，跟我们青年人一起干着同样的重活：割稻，脱粒，挑谷，担草；时间长度也一样，甚至更长。不同的是，青年人干活是运动式的，母亲却不赶速度，干活时一直垂着头，像一头老牛一样，只晓得慢慢地做，不间断地做。

在旱地里的劳动耗费母亲更多的心血和精力。除了随生产队出工，她几乎把白天余下的所有时间都沤在自留地里。合作化以后，农民没有了自己的土地；经历过公社化、"共产风"、大饥荒，然后有了所谓的"自留地"，自然当命根子看。在自留地里，母亲成了"园艺家"。她尽日整弄，总是设法在有限的几分地里播下更多的品种，收获更多的果实。

在母亲那里，最受宠的是番薯，因为能填饱肚子，所以种得最多。地里也种花生和各种豆类：黄豆、黑豆、红豆、绿豆，各种颜色都有，还有形体窈窕的眉豆；瓜类有甜瓜、黄瓜、丝瓜、节瓜和南瓜；蔬菜的品类更多，除了常吃的白菜、芥菜、萝卜，还有芥兰和娇贵的荷兰豆。母亲不时地会摘些豆角叶子、南瓜花煮给我们吃，比起蕺菜、灰仔菜一类野菜来，味道好得太多。

母亲有自己的盘算，最看重粮食作物，所以又间种了高粱和小米。北方的农作物很少人种，小米简直无人问津，但母亲年年种，而且长势都很好。她怕孩子们吃了小米"上火"，用许许多多坛坛罐罐藏起来，隔些时候再吃。

季节性收获诱惑母亲沿着自留地的边界，不断地向外蚕食、拓展；这种野心后来发展到开荒，试图拥有完全属于自己的耕地。有两块很大的荒地，完全是凭着她一个人的力量用锄头一锄一锄地"啃"出来的。可是，种了不到一年，两块地就在"割资本主义尾巴"的运动中被没收了。母亲不死心，临时改变策略，在生产队耕地的边缘和角落里，又开出若干巴掌大的地块，想不到形势迫使她成了"游击专家"，依靠"化零为整"的战术，

海滩菜圃

赢得和往年一样丰实的收成。

　　我始终把参加生产队劳动看成惩罚性劳动。倘是"双抢"季节，就得从天明以前开工，一直忙到深夜，干活时间长达十七八个小时。因此，对于母亲那种寸土必争的侵略野心，我非但不加赞赏，反而有所鄙夷。可是，目睹了她起早贪黑的劳苦，心里不免怜惜，于是不自觉地被她拖入开荒的热梦之中。祖先发明木犁是有道理的，锄头显然更原始；木犁翻地一天，用锄头就得费去一个月。我用犁，当然也用锄，一气在山上和海边又开出了几块番薯地、豆角地和菜地。其实，直到那时，我还不知道稼穑的艰难；我做的这一切，全然是为了讨好母亲。

在我们村子，不论男女，不但耕田种地，还上山下海。上山打柴除了用于炊事，多数挑到墟镇或砖瓦窑去卖，是现成的生计之一。下海不像打柴要外出一整天，而是有点业余的味道，只需一两个小时，采获的海鲜就够自家食用一两天了。

村子背山面海，其实是一个小海湾，有潮有汐。退潮的时候，男人纷纷手持竹竿出动"赶鱼"，也有撒网、垂钓、用药或自制的手雷捕鱼的。女人则在沙滩或泥涂上作业，采海菜，拾贝类，用钉耙捕虾，更多的是挖掘螺贝或泥虫。"文革"后期，"农业学大寨"，动员全数男女围海造田，结果造出来的田是一大片盐碱地，寸草不生。村人从此失去了一个偌大的菜篮，再也无海可下，只得望洋兴叹了。

围海之前，像那样一个聚众劳作的地方，是不可能没有母亲的身影的。

到了海滩上，母亲还是喜欢干力气活，带了锄具和竹篮，做"掘地派"。她很少拾螺，特别是那种很常见的小钉螺，叫青螺或白螺，小姑娘们上学时喜欢随身带着，咬掉尖尾巴一路吮吸。母亲虽然随群下海，却大多单独行动，自选一块洲渚挖掘。不知道是凭自家的经验，还是跟谁习得的本事，她善于辨认"螺眼"，即露出滩涂之上的不同形状的小孔，照孔开掘，往往事半功倍。平时，我只知道母亲是个一味苦干的人，想不到她还能巧干，每次在海边列队归来的妇女中，都数她的采获最多。

一年四季，夜以继日，母亲不知疲倦似的，从来不曾间断手中的劳作。如果她真的感觉疲倦，会变换另一种劳动方式，总之不会让双手闲下来。

我们常常称颂劳动者对劳动的热爱，殊不知热爱劳动是后天习得的，是劳动习惯所培养起来的一种带依赖性的情感。对于惩罚性的劳动，强制性的劳动，包括为家庭温饱而做的超负荷的劳动，居然可以做到全力以赴，不眠不休，实质上是一种变态。闲静下来，念及父母劬劳，往日的尊敬不免更多地为哀怜所代替。

母亲想不到，纺麻线——一个原始性动作——竟然暗示了一种宿命：一个孤苦无依的孩子，走不出循环往复、永无休止的劳作的一生。

4 休闲与娱乐

印象中，母亲从来没有休闲的时候，除非遇上大雨天，或者在夜晚。

大雨天，母亲会留在家里，通常不是选种，就是缝补，都是一种替代性的工作。母亲选种极其细心，把豆子或别的种子倒在筛子上，然后把那些干瘪的、有蛀孔的、缺边的，连同碎石子，一颗一颗地放进另一个盆子里。只要种子不够饱满匀称，都要被淘汰掉。

对种子的珍重，使每个农户都不能不重视它的贮藏。母亲竟由此引起了对容器的兴趣。先是大小陶罐，后是各种式样的铁罐，再后来连塑料小盒子也成了她的藏品，简直为收藏而收藏了。

在乡下，凡农妇都会针线活。母亲做针线活的程度，大约算得及格，因为她只能缝补，不会裁剪衣服。看着母亲粗大的手拈住小小针线，常常会生出一种滑稽之感；实际上，她带出的针脚是很细密的，一点也不粗糙。小时候，她在我右肘的地方给补了一小块红色补丁，非常耀眼，结实，蹭也蹭不掉。

母亲自知手拙，可是不肯守拙。这样，做针线也就不再是闲功夫，反而增加了她平日的负担。

有一个过去曾经给我家做过短工的老实农民，我们叫他松二叔，土改后妻子死了，两个儿子没人照料，褴褛肮脏得不行。他们家住新村，离我家很远，母亲每隔几天便过去把父子三人的衣服抱过来缝补浆洗，直到大儿子成家为止，这中间少说也有七八年时光。

还有附近的两个单身汉，母亲也会经常替他们缝补，其中一个叫阿和的，之后在运动中被动员起来批斗父亲，结果成了仇人；另一个叫阿赏，和母亲的感情倒是一直很好。母亲把他当作儿子一般看待，见他住的房子小，又老旧，便让他搬进我们家，又到处张罗说媒给他娶媳妇。

到了晚年，母亲在城里，还惦记着种田的阿赏。她搜集了好几个大麻袋，拆洗过后，亲自缝补得熨熨帖帖，说是阿赏装肥料要用的。

乡下人与城里人不同，生活受天气的影响。若是晴天，村中是很少闲人的；换了风雨天，巷道反而变得热闹起来。这时，无论男女，大多不是聊闲天，就是打扑克；赌博风气经年不绝，听说近年更加炽盛了。

在妇女中间，雨天常做的一件事情就是做糕点。她们轮流做出各种花样：糖糕、咸糕、煎糍、炒米饼、叶贴，还有下锅煮食的刀切粉……多达二十几种，给贪婪的男人和孩子们吃。乡下的女人，仿佛生来就是为了满足男人和孩子的欲望似的。她们天性柔弱，却如此慷慨地奉献自己，实在令人惊叹。

小学课文讲过"千人糕"的故事，说做出一块糕，要费去上千人的劳动。且不说粮食的由来，即使有了稻麦，要做出糕这种精细的食品，也很不容易，尤其在乡下。

直到20世纪60年代中期，村子里还没有碾米厂，更谈不上制作米粉和面粉的机器。我们吃的大米，全靠磨和碓还有筛子这样几种极原始的器物的帮助才给弄来。到了要做糕的时候，先把大米用水泡透，然后找到石磨，一勺子一勺子地舀到磨盘凹陷处，用手慢慢地推。也有用木碓的，叫"舂粉"。操作时，把泡好的大米放入铁铸的臼内，扶着固定的栏杆，一脚一脚地蹬着木碓的一端；利用杠杆原理，装有铁杵的另一端随即对准铁臼一上一下地撞击。估计大米粉碎得差不多了，于是双脚停下，蹲下来用木权子支好木碓，分多次把碎米掏出来，放入一个名叫"箩斗"的用铜线织成的极密的圆形筛子内，慢慢地摇、拍，一点点筛出粉末。最后，把残留在筛内的碎米再行倒入臼内，于是一切又从头开始。

除了田间劳动，农妇几乎把所有的时间都消磨在这类活计上面。老天，这是怎样地拿有限的生命开玩笑啊！

小时候贪吃，为了吃到喜欢的滑糕，我常常抱起箩斗自告奋勇说要跟母亲一起春粉去，结果十有八九因为无法忍受那种沉闷的劳动而中途逃了出来。糕煮熟时，我忙着吃，完全顾不上站在身旁满头大汗的母亲了。

雨天多暇，毕竟过于短暂。在公社时期，下小雨也要出工；即使雷雨交加，南方的天气说晴就晴，只要生产队队长一声哨响，多热闹的牌局也得顷刻解散。

其实，暮晚是最安闲的时候。这时，牛羊下山，炊烟升起，家家寻唤孩子和四散的禽畜。有时我在海滩散步，会远远听见村中传来的喧呼，尖细而清晰，犹如在山间听到松针落地的声响，幽静极了。倘若不是农忙季节，又没有遇上政治运动，入夜，就会看见火把、马灯和手电光缓缓游动；人们继续聊天、打牌，在有限的活动中寻找无限的快乐。可是，不用多久，整个村庄便沉入到黑暗的梦乡里了。

对母亲来说，夜晚倒不见得有更多空闲。由于父亲帮助料理晚炊，她便安心留在自留地里，到家时往往要掌灯吃饭了。饭后她要做好些琐碎的事情，比如到草垛搬柴禾，清理猪圈和鸡埘，等等。我和妹妹小时候还得由她照顾洗澡，哄我们玩耍、睡觉。等到一切归于安静，她才会腾出手来，用火，用凡士林，疗治多发的"猪尿疱"和严重的皲裂症。

什么闲情之类，于母亲是没有的；一个埋头劳作、寡言少语的人，自然更谈不上娱乐。如果说，她也曾参与过一些娱乐活动的话，那么，除春节看挂灯、舞狮舞龙之外便只有看大戏和看电影了。

可怜的乡下人，一年到头看不到几场电影，如果不是庙会，甚至连一台大戏也看不上。所谓大戏，是说的粤剧，一般是县里才有的演戏班子。大戏里唱的咿咿呀呀，全场都听不懂；生旦末丑，搽脂抹粉，一招一式，也都异于常人，所以，大家其实是看稀奇一般地看。再说，大戏有气派，光是袍服，镶金绕翠，珠光宝气，就把简陋惯了的乡下人震住了。小姑娘们迷上穿在旦角身上的闪闪发光的衣服，第二天争相起早赶到戏场，在地上四处搜寻可能散落的珠子。

公社有一个电影放映队，住在镇上的电影院里，大约上头指定下乡任务，每隔一段时间，就在十多个大队间巡回一遍。村里要轮上放电影，至少也得两三个月。放映队员成了全村最惦念的人，男女老少都熟悉他们的名字，常常探听他们的行踪：到了邻近的大队没有？哪个村子放电影了，十里之内，人们必定闻风而至，翻山涉水不在话下；有时传言有误，十天之内白跑几趟也是有的。一部《地雷战》，少说看过十遍八遍，人们仍然津津有味地追看下去。县城放映朝鲜影片《卖花姑娘》，一时成了特大事件，四方男女纷纷进城，据说邻村还发生了在电影院丢失孩子的事。

"露天影剧院"就设在小学操场上，操场后面紧挨着一个小土坡，观众太多就可站在那上面，成为天然的后座。听说当晚要来演戏或是放映，从早晨开始，小学生就会陆续从家里把竹椅、板凳、条凳统统搬出来，抢先占据前头的位置。为了争占地盘，小家伙们常常吵架，甚至动起手来。

如果不是亲历，真不敢相信母亲是最忠实的观众，她尤其钟情于电影，没有哪一个场次是缺席的。当她得知放映队进村之后，下午必定早早收工，绝不会像往日一样待在地里；到家之后，立刻生火做饭，草草吃过，便找来孙女领她提前进场。

开映以后，母亲目不转睛地一直盯着银幕，像是课堂里的一名专注的小学生。银幕中出现的所有人物、场景、风景，对她都有极大的吸引力，叫她感到亲切、紧张、同情或忿恨，以至于不时地叫出声来。国产片子的蒙太奇组接不太离谱，以母亲的思维，还能跟得上故事发展的逻辑，因此，人物的命运会紧紧地牵动她的心。她一边看，一边自言自语，有时候居然也发表一点评论。

　　祖母只看大戏，不看电影，她说电影中的人物全活在一张布上，所以是假的，是骗人的把戏。母亲不同，把电影世界看得跟生活一样真实；她从来不知道，也不会相信世界上有不真实的事物存在。这种电影观非常奇特，直到晚年看电视，仍旧是一样的态度。无论新闻，还是连续剧，只要打开电视机，母亲就会马上进入角色，如果有人坐在身边，她会指着画面说："你看，这个人前天来过，今天又来啦！"或者："有这么狠打人的吗？唉哟！打死人啦！打死人啦！"完全信以为真，那种认真投入的程度，使我感到十分吃惊。

　　对于母亲如此热衷于观影，父亲觉得好笑，只好照例归结到愚妇人的名下去。

　　在母亲的潜意识中，一定向往着一种新奇的生活，生活以外的生活。这种生活和原先的生活并不脱节，都是现实中的生活。从小时候开始，母亲就被寂寞、孤独和恐惧所笼罩，被无尽头的沉重的劳作所压抑，长期处在一个幽闭的世界里，所以需要释放。

　　到了晚年，我们看到她果然变了一个人：爱社交，爱说笑，爱游览，爱玩耍，爱穿花衣服。她买玉手镯，买金耳环，冬天买绒线帽，夏天买皮凉鞋……她买所有这些，都不曾想到"显摆"，只是看到别人穿戴起来漂亮，她也要漂亮罢了。书本里有一个词，说是"返璞归真"。"真"是母亲的本色，不存在归与不归的问题；而她一生朴素，需要返转的，只能是热闹繁华。

三姐跟我谈起母亲时，常常拿村里的农妇做比较，认为母亲晚年大体称得上"幸福"。因为她终于竟有了余闲，而她的希望也都得到了满足，姑不论这希望是多么的微末；而许许多多农妇，自始至终都被淹没在死水般的生活里，连一个希望的气泡也没有。

然而，不幸的是，即使称得上"幸福"，对母亲来说，也来得太迟了。

5　与婆婆

过去，童养媳在农村并非罕见的现象。

在我们村里，就有好几个童养媳。童养媳其实是小女奴，她们的身份从小就被确定了，而且大多数遭到家人的虐待。婆婆的权威至高无上，不能忤逆。一个童养媳跟婆婆顶嘴之后跑回娘家，当天被娘家遣返。婆婆掌嘴，还用烧红的柴炭烫她的脚，一边烫一边骂："小母狗，看你还跑到哪儿？"

祖母心肠软，膝下又没有女儿，在母亲过门以后自然充当了婆婆兼母亲的双重角色。祖母教会母亲生活，劳动，待人接物的各种礼仪。虽然母亲得一刻不停地干活，但是从来不曾遭到祖母的打骂。要是到远处干活，祖母会留给母亲最好的饭食；两个人在外面干活，祖母会给她吃稠的，自己喝稀的。遇到挑担子，祖母也会把重担撂在自己肩上，有时还得接应母亲。平时，母亲很少与人争执，遇事时祖母总是袒护她，使她特别感激。

母亲想不到，有一天，怜爱她的祖母竟然也会伤害她。

大哥早夭，母亲接下来一连生了三个女孩。这时，祖母按捺不住了。她认定母亲"命水"不好，从传宗接代的方面考虑，决定让父亲纳妾。这是一个根本无法还手的打击。母亲听到这个消息以后，既不敢哀求，更不敢抗辩，天天晚上跑到大姑妈家里哭。

父亲是有名的孝子，但是在纳妾这件事上，他没有顺从母命。而祖母也不肯妥协，从此母子间冲突不断，直到我出生之后，才算有了和平的局面。

按逻辑推断，母亲对祖母一定会怨恨在心。然而没有。母亲记住了祖母所有对她的好处。即便在纳妾的事情上，她也不会觉得祖母有什么错处，天底下毕竟有那么多男人纳妾；只是火落到了自己头上，能逃脱算是幸运，逃不脱便只好认命。

因此，母亲一直保持着对祖母的敬爱。

我上高中的时候，祖母卧病不起，时间拖了整整三年。回过头看，祖母大约得的是肺结核，或者其他心脑疾病并发支气管扩张出血，床头置放着一只痰盂，每天都有痰血吐在里面。在乡下，老人得了重病简直是无需医治的。父亲没有送祖母到公社医院去，只是偶尔给吃几服中药；不过，他会时常看顾祖母，站在床前跟祖母说说话。有时，为讨祖母高兴，还会像"二十四孝"中的老莱子一样，打拳给祖母看。至于祖母生活中的诸多事项，除了煎药，全都包揽在母亲一个人身上，其中包括供给饮食、照顾便溺、清理痰盂、洗换被服等等。一千多个日日夜夜，母亲照例做着日课，毫无怨言。

而且，母亲并非专职的陪护，她要在野外劳动归来之后做着所有这些，更不用说还有那么多家务缠身。周围的女人替她抱不平，说："德奎婆不是有两个媳妇吗？另一个呢？"于是怂恿母亲和三婶母轮值照顾祖母。母亲听了，并不在意，也不搭理，照例做她的日课。

祖母去世时，村里正好发大水。我家老屋的外墙坍塌了，全家搬到邻近的草间居住。母亲发现，先前一直陪伴祖母的老黑猫恋着老屋，在那里走来走去，不肯跟我们迁移。我们捉它的时候，它就逃上祖母住的屋顶，在那里守着，不吃也不喝。母亲很是悲戚，把黑猫认作祖母的魂灵，于是一天三顿，每顿都端着盛了猫食的瓦盆子，端端正正地摆放到老屋的墙头上去。

去世前，祖母把金耳坠解下来交给母亲，连同祝福。

临到母亲，最后也像祖母一样解下耳坠子，郑重地交到妻的手上。

6 与丈夫

夫妇之间，城里人称"爱人"。这个称呼始终没有在乡下流行起来，大约由于乡村讲究"从一而终"，一旦结合，哪怕"怨偶"，毕竟也是"偶"，因此自然舍弃这个多少有点张扬的酸溜溜的字眼，而采用另一个平实的称谓。夫妇间互相招呼，便称"孩子他爹"，或是"孩子他娘"，故意拉大距离，显得不那么亲热。

对于父亲，母亲从来直呼其名，这在上辈人来说是少见的。妇女的名字，称呼时一般不被提起，只说丈夫的名字，再加一个附带性的"后缀"。比如村里有一个男人叫德利，辈分很高，却起了一个叫"二妹"的小名，这样晚辈称呼他的女人就只得叫"德利二妹婆"，像"艾森豪威尔"一样又长又别扭。合作化时候，村里的妇女给起了一批新名字："丽英""玉珍""翠芳"之类。虽然大同小异，但是有着独立的意义。父亲填表入社时，并不替母亲起名字，仍用原来的小名阿慈。在他们之间，似乎谈不上恩爱，但彼此尊重应当是说得过去的。他们从来不曾打闹过，这在上辈人来说也很少见。

平日里，父亲和母亲两人很少对话。父亲见识广，有主见，凡家庭的大计划，比如修房子、买田地、卖猪卖牛，都用不着跟母亲商议，但是会"照会"母亲；而母亲是一个事务主义者，今日重复昨日，实在没有什么值得通报的新事，只有涉外事务，比如亲戚来了，该如何打发一类，才会"照会"父亲。

母亲在人前常常自言蠢笨，对于父亲的作为，大致上是诚服的。但是，她并不把父亲当权威看，对于父亲的意见，决不肯违心地服从。母亲有一个特点，只要心存异议，从不争辩，只是保持沉默，甚至几天几夜不说话。沉默时，她有一个标志性的动作，就是把嘴唇噘起来，父亲说是可以挂一个油瓶子。我上初中时，一次周末回家，父亲很着急地告诉我，午饭时对母亲数落了几句，她就空手出门去了，现在也没有回来。这时，天已擦黑，全家不得不分头去找，惊动半个村子，依然不见人影。直至午夜，母亲才闷声不响地踽踽归来。

这是一种消极的对抗态度。父亲是一个和平主义者，根本受不了这种冷战气氛，所以到最后，还是自己投降了事。

在农村家庭，无论女人多么能干、强悍，在男人面前都是弱者。打闹，罢工，出走，以至服毒，上吊，都是弱者的武器。其目的无非为了维护自我有限的尊严，改变不平等的地位。母亲跟别人不同，她使用的武器唯有沉默，这种武器实质上将火力对准自己，对别人构不成伤害。至于出走，很可能是她看透了父亲跟祖母一样的软心肠，借此恐吓一下，让父亲懂得退让。还有一种可能，她只是找一个隐蔽的地方舔自己的伤口，完全与别人无关。但不管是哪一种情形，此后，这种行动再也不曾出现过。

父亲读书人出身，有着不少的传统观念，其中之一是不弃“糟糠之妻"，平时对母亲是宽容的。他坚持不纳妾，大概也同这观念有关，致使母亲为此感激一生。他还有一个观念是："兄弟如手足，妻子如衣服。"这两个观念，在母亲这里是有冲突的，因为她永远记得来自"手足"的伤害。

祖母生下父亲和三叔父兄弟两人，从小疼爱三叔父。祖父死得早，家庭的重担落在父亲的身上，但因此，也磨炼了他生存的勇气和能力，正式结婚过后，就早早外出教书挣钱了。父亲把挣来的钱按月寄给三叔父，让三叔父当家。可是，他想不到三叔父沾染了纨绔子弟的习气，游荡，赌博，几乎把钱花个精光。三姐说，那时已经有了大哥大姐，可是连他们也长达一个月尝不到肉味。父亲假日回家，母亲将真实情形告知他，而祖母为了保护三叔父，却是极力加以掩饰。父亲走后，三叔父迁怒于母亲，冲突之下，竟然大打出手。

母亲恩仇分明，看来有点乃父之风。她记恨三叔父，还有土改的事。那时，兄弟俩已经分家。我家差点被评为富农，幸好有贫协主席多人为之解脱，而三叔父是贫农小组长，却不曾出面为我们说话。这种袖手旁观的态度，在母亲看来等于见死不救，用她的话说就是"等沉船捡舢板"，居心叵测。母亲不知道，当时不少地主富农是由亲人检举揭发最后定案的，因为亲人的证据最具杀伤力。这其中，有出于工作队动员的，也有主动请缨的。主动有什么好处呢？目的是可以合法地侵占亲人的财产。借亲人下手，很有点"以夷制夷"的味道。比起这些"踩水入船"

的人，公平点说，三叔父的态度温和多了。

至于三婶母对母亲的伤害，则是人格上的伤害。伤害之大，她们都想不到，竟然成了当时方圆几十里的一个新闻事件。

我家，三叔父家，还有不同房族的阿祖婆一家，合住一间大屋。靠门口的一半属于阿祖婆。我家住里间，三叔父家住廊间，两家共用一爿厅堂和天井。阿祖婆在厅里设置牛栏，养了一头母牛，一头小牛；三叔父家的稻草就堆放在大厅的另一个角落里。

一天，母亲刚刚从地里回来，阿祖婆就从屋里冲了出来，揪住母亲的襟领破口大骂，说母亲心肠歹毒，打死她的小牛。母亲一头雾水，当然不会承认，这时阿祖婆再次拽住祖母，说："墙没穿，屋没破，哪个恶人进来啦？不是你媳妇是谁呢？"祖母猜定是三婶母干的，因为她多次抱怨堆放的稻草被小牛叼走、嚼食，这次可能被她亲自撞见，一时性起，失手把小牛打死了。为了息事宁人，祖母背后劝说母亲包揽在自己身上，说："你是大嫂，大人大量，就饶让她这一次吧。"又说："吃亏是福，善心积德益子孙。"

母亲居然听从了。

母亲供认之后，阿祖婆立刻告上村公所，要母亲挂牌到镇上示众。据说示众时，母亲得敲着一面小锣，一边敲一边说着自渎的话。阿祖婆和三婶母本来很要好，后来不知为何闹矛盾，把小牛事件给翻了出来。阿祖婆凑近三婶母的脸骂："你这烂毒妇！昧良心！打死了小牛，反赖自己大嫂……"三婶母始终不敢吱声，事情才算真相大白。

有了这段屈辱史，母亲也没有和三叔父一家断绝外交关系，对双方儿女间的往来也不设关卡，算是"和平共处"。三婶母嘴巴不饶人是出了名的，周围的妇女都怕她，大约因为背了历史上这笔精神债务，独独对母亲还能保存几分敬畏。

父亲始终贯彻他的"兄弟如手足"的原则，对于三叔父一家，在经济上一直提供援助。父亲的援助尽量不让母亲知道，而母亲也装作懵然不知。三叔父家有一天断炊，父亲深夜摸黑起来，拿着准备好的布袋走近米缸，悄悄装满了米便提着走。可是他粗心大意，竟不知道布袋破了一个小洞。第二天早上，母亲起来做饭时发现，有一行大米弯弯曲曲清清楚楚地从里间一直通向廊间。她完全明白是怎么回事，于是叫醒父亲说："你起来看，老鼠偷大米啦！"父亲连连摆手，又指了指廊间，意思是不要让三叔父家听到难为情。

这是三姐说的故事。在母亲晚年，我曾经当面问她是否有过这样一回事。母亲说："是呀！你父亲一辈子都记挂你三叔父，怕他饿死。"她大概想起来觉得有点滑稽，说完便笑了。

除了"文革"，从土改到合作化的几年，是父亲一生中最阴郁的日子。这种阴郁的心情，连母亲也看出来了，她劝慰父亲说："现今有个饭碗端着就好了，整天忧心什么呢！"父亲多次说起来，笑着说："你母亲说得轻松，她可知道这碗里的饭是从哪里来的！"

母亲不懂政治，委实不知道运动的厉害。土改仅评议阶级，便足够让父亲寝食难安，更不要说后来斗争地富那种惊心动魄的场面。最可怕的是运动接连而至，没有终结的时候。合作化来了，迟迟不被结合入社；入社之后不久，又要"整风整社"了。

村子里这时揪出几个典型的不满分子，其中还有一个是土改根子，村人称是"贫农骨"。白天，乡文书把他们的言论抄在黑板报上，大概相当于后来的大字报；晚上，民兵将几个人一起拉到乡政府门前批斗。

有一个青年人叫阿让，家境比较富裕，土改时被评为中农。他体态魁梧，长相端正，以牧鹅为业，出工时提着一根长长的竹竿，身边是一个浩浩荡荡的鹅群，很像一个威风八面的将军。乡政府判定他对合作化不满，有人检举他说入社损失太大，引用一句歇后语，逢人便说："水瓜打狗，不见了一大截哇！"水瓜是我们乡下很常见的一种瓜，性脆易折。阿让只是说了这样一句话，再就是在会场里不肯认错，于是被单挑出来斗争了好几场。

十几年过后，阿让突然疯掉了。他在脖子上挂一条白毛巾，模仿当年工作队的样子，经常到镇上和县里去，不分日夜，说要找政府，又自称是中央派下来的人，总之行为很政治化。他们家族没有精神病史，不知道是不是同当年遭批斗有关。因为闹得厉害，几个弟弟用锁链把他锁了起来，一两年后就死了。

最惨的是阿让的独生子阿基，人非常聪明，在他父亲发病时正念初中，不得不中途停学。阿让去世后不久，他同样疯掉了，死了。

农村不是世外桃源，父亲的忧患是有根据的。整风刚过，公社化就来了，"一天等于二十年"，中国"跑步进入共产主义"。阶级斗争转变为生产斗争，到处"大跃进"，"放卫星"，"超英赶美"，这种即将进入"天堂"的乌托邦式的狂热，反而给了父亲稍息的机会。不过，母亲却得经受高强度的劳动考验，同乡亲一起忍着饥饿挖运河，建高炉，日夜苦干，不眠不休。大灾荒吞噬了许多人，公共食堂旁边，还特地建造了一间房子，专门熏治因饥饿引起水肿的病人。等到整个村子复苏过来以后，大小"四清"运动接踵而至。运动本来是整干部的，但是有一个致命的环节，就是重评阶级。这样一来，父亲又得悚悚危惧。好不容易侥幸过关，"文化大革命"的浪潮随即把他冲倒了。

开始时，公共食堂的墙壁上贴满了大字报。母亲在外看到，以为是演戏放电影的海报，很高兴地告诉我。其实，那正是针对我的一个预警，过了两天就把我揪出来批斗了。到了"清理阶级队伍"时，父亲被打成"现行反革命"，被民兵用绳索绑起来，挂上黑牌，拉到批斗大会上经受众人的拳打脚踢，然后押解到镇上的监房里。父亲是"二进宫"，被"解放"之后三年，来了"一打三反"，又被揪斗了一次，而且依旧押送到老地方。

在这个非常时期，母亲看起来很镇定，一样早出晚归，一样悉心料理她的自留地。她不曾到会场上观看批斗的场景，也不曾向我打听大会上的详情，只想知道事情的结果。在她的理解中，人祸同天灾一样，以她个人的能力是无法应付的，只好等候结果。我每次从镇上探视父亲回来，她都会问道："你父亲怎么样了呢？"然后长久地沉默不语。后来父亲中风瘫痪在床，她每天看望几次，偶尔才问一句，但都是类似的话："你父亲怎么样了呢？"母亲似乎有意回避事情经过的细节，或许以为所有这些细节于事无补也未可知；但是可以肯定的是，这些变故，对她的精神的震荡是巨大的。

当事情过去许久，"文革"已近尾声，一天她劳动回来，还没放下工具，便惊恐地告诉我说，外面墙上又贴了许多大字报。我出去一看，原来是征兵宣传广告。

父亲去世当晚，我从命把巫师请来，刚刚在厅堂里站定，就听见身边"咚"的一声，只见母亲双膝一齐跪下，放声哭道："夫君呀——"接着用了乡间哭丧歌的调式，一边哭，一边唱起来。我不忍面对这种场面，把三姐撇在原处，径自走出门去。

母亲一直"唱"了一个多钟头，哀号一般，在村头也能听到。

第二天早上，我问三姐，母亲唱了小半夜，都唱了些什么？三姐说，母亲唱父亲一生怎样受苦受屈受累，唱到后面，净唱父亲待她怎样地好……

我听了，眼泪夺眶而出。

7 与儿女

比起城里人，农村妇女的生殖能力特别旺盛，每人膝下都有一大群儿女。乡下人的生殖是同生产连在一起的，单纯的、吃喝玩乐的生活不是他们的生活，因此，他们需要劳动力，需要更多强壮的臂膀，需要男丁。近三十年来，国家积极推行"计划生育"，而农民仍然不顾一切，冒着严厉的惩罚，包括被追捕和关押的风险，也要更多地生育。

听三姐说，母亲也曾生下七八个男女，大半都夭折了。即使剩下三姐、我和四妹三人，从出生到长大成人，重组家庭，母亲相随着亦不知道损耗了多少心力。父亲是乡村医生，虽然在经济上并不需她有太多担忧，重大事务上可以代替她承受压力，但是，作为一名农村妇女、童养媳、妻子和母亲，她始终无法摆脱悲剧性的角色——有事或无事的悲剧。而生活可以给她的喜剧的戏分实在太少了。

我是独生子，在家里自然成了宝贝。出生后，据接生婆说我痰火大，要母亲天天到田野里采集崩大碗和田锋菜煎水给我灌饮。由于我体弱多病，母亲信拜观音菩萨。我有一个小名"观雨"，母亲一直这样称呼我，这名字就取自观音。母亲还用襁褓背着我走很远的地方，认巫师为契父母，以保佑我无病无灾，四时平安。从记事的时候起，母亲常常把我带到庙内，面朝众多土偶，烧香、叩头、跪拜。我断奶很晚，在此数年内，母亲严格忌食，糯米、鲤鱼、牛肉之类从来不敢食用。农村重男轻女，母亲虽然未曾贱视女孩，但是对于身为男孩的我，确实特别钟爱。

入夜，老旧的大木床成了我的乐园。煤油灯站在装满稻谷的大瓮的瓦盖上，橘红的光镀亮四壁，蟑螂在壁间不时地踱来踱去。母亲忙完手头的活计，然后坐到床沿上陪伴我，看我玩火柴、弹珠，盖房子和造车子。她插不上手，只是静静地看。我学会做手影，做出各种人和动物给她看；她觉得有趣，捉住我的手教她，可是怎么也学不会，惹得我得意地大笑。这时候，她就会把我揽过来，或者双手将我高高举起。许多时候，我会给母亲捶背，涂凡士林，递给她剪刀、针线、火篱子，做完了就像完成什么大勋业似的兴奋。困了，大多在母亲的臂弯里入睡。在蹭来蹭去睡不着的时候，母亲也不会像别的母亲吓唬孩子那样，拿凶神恶煞或古灵精怪的东西来吓唬我，只是轻轻地拍打我，一边拍，一边唱古老的歌谣……

入学前夕，父亲命我到他兼做诊室的小屋子里睡觉。从此，我便永远失去和母亲在一起的温馨的夜晚了。

比起母亲，父亲是一位严厉的教官。为了不让我和野孩子混在一起，他把我看管起来，给我安排念诗和习字的功课。而这些，母亲是不能教给我的。其实生活中还有许多知识，如如何穿夹衣、系鞋带，睡觉时如何预防着凉，等等，都是来自父亲的教习，更不要说翻查字典一类事情。这样，母亲自然下降到了一个旁观者的位置。习字时，她会站在我身后，看我一笔一画地写，那么安静和耐心，却不知道我在写些什么。

一天，母亲很郑重地告诫我，说字纸要存放起来，不能随便扔在地上踩踏，好像平日教我爱惜粮食，必须把丢在饭桌上的饭粒捡起来吃掉一样。大概是从哪里听来"敬惜字纸"一类古训吧，总之在我的记忆中，这是母亲在学习方面给我的唯一的教诲。

刚到镇上念初中，我有一段时间天天逃学。由于从小被家人溺爱，一旦离家便得了"恋家症"。每到黄昏时分，一定想母亲，想祖母，想村里的炊烟，想得不行，就拔腿往家里跑。

当然这是父亲所不容许的。他强令我次日一定要回到学校里上课，这就苦了母亲。她得比往常提前一个多钟头起床，先给我做好饭，然后再为全家做早炊。全家吃的是稀饭和番薯，而我吃的却是白米饭，外加鸡蛋、鲜鱼和干虾。我不但毫无愧意，还受罪一般吃得抽抽搭搭。吃罢饭，四周暗黑，母亲怕我在路上受惊，总是护送我，到了一个叫新河的地方，天色大亮，这才在高坎上站定，目送我一个人走。

高中毕业后我回到村子里，不久，同一位女同学结了婚。那时，我依然沉湎在小布尔乔亚的好梦里，想象在文学方面如何一鸣惊人。母亲对于我们的作为是不满意的，我们不但不曾设法减轻她的家务负担，也没有按照生产队的规矩出牌，吊儿郎当，经常缺勤。在母亲看来，我们肯定做不成殷实的庄稼人。过去，她大约受了父亲的影响，认为读书是少年人的正途，对于书本有所敬畏。现在不同了，我的身份已然改变。母亲会认为，书本的神圣性，或者说用处，只限于学校的范围内，是供那些饱食终日的"斯文人"使用的，村子里有哪一个庄稼人是沉迷于书本子的呢？她不能不把对我懒散的不满迁怨于书本。我多次发现，要是她安排我干活，而我因为耽于看书而迟迟没有行动，她脸上就会露出愠意，甚至不屑的神色。在母亲那里，劳动是至上的，不论是何种劳动，绝没有世俗的那种贵贱之分。只要勤勤恳恳地劳动，她认为，建立一个小康之家应当不成问题，起码不至于饿死。母亲嫉恨书本是有道理的，她担心书本会勾引我走向堕落，成为"二流子"一类人物，以致毁了一生。

在实际生活的压力下，我们老实了许多。妻靠着一部老掉牙的华南牌缝纫机，以"搞副业"的形式，赢取了全队妇女的最高工分；而我已能娴熟地掌握各种农具和技术，在生产队的男劳力中，也一度积分最高。此后，母亲在我们面前变得和悦许多了。几年过后，我戏剧性地变做了卫生站里的医生角色，书本成了在场常用的道具。我不曾问过母亲，不知道她这时对书本还抱成见否。

无可否认，自从长大并亲近了书籍之后，我同母亲的关系确实日渐疏远起来。及至后来，我由医生改做了编辑，干起了做书本子的行当，离母亲就更远了。这是我想不到的，母亲更是想不到。那天，我手提简单的行李，登上手扶拖拉机，头一次远离故土，奔赴省城工作。这时，在送行的行列里，独不见母亲的身影。母亲呢？谁知道，她是不是一个人躲在老屋里暗暗哭泣？

可怕的是，这个发现来自几十年后的回忆。至于当时我是怎么想的，如今却是一点也记不起来了。

台风过后许久，记不清是一年中的第几次台风，我从省城回家探望父母。乍见之下，母亲便嗔怪说："刮那么大的风，也不回家看看，家里要是被洪水浸没了，你也不知道……"在母亲心里，我应当永远记挂着老家，就像她记挂着我一样；当她发现事实上并非如此时，当然要感到失望了。

省城离村子迢迢千里，而且，我是一个有工作的人，那时又正值"清污"，受到报刊公开批判，哪里能够说回来就马上回来的呢？可是，她不晓得这些，也不管这些，她看重的只是情感，乡土的情感，家的情感，这才是世界上最贵重的东西。

论命运，三姐非常不幸。为了三姐的遭遇，母亲亦增了许多忧患，直至终其一生。

三姐比我大七岁，和柳青《创业史》中的徐改霞是同一代人。她们在合作化时期小学毕业，毕业后，同时走向城市，到处寻找招工的单位，最后同样以碰壁告终。

　　公社化时候，村里成立了一所"农业中学"，三姐最早成为其中的学生。学校延请了两位教师，年老的姓罗，年轻的姓梁。一年后，三姐开始同这位姓梁的教师闹恋爱了。所谓命运，往往取决于一念之差。当时，邻村有一位姓关的青年军官追求三姐，拼命写信，还寄了相片，结果因为三姐不喜欢军人而作罢。倘若她做了军官太太，一生将顺遂许多；可是，潜在的土匪血统支配了她，她为自己选择了一条叛逆的、坎坷的道路。

　　很快，"大跃进"下马，农业中学解散。姓梁的教师是地主的儿子，父母早已亡故，真可谓上无片瓦，下无立锥之地。他无法可想，只好远走省城讨生活，一边跑工地，一边做点黑市小买卖。三姐在全国实行人口管制的情况下，竟敢离家出走，紧随恋人而去，而且一去就是三年！一天醒来，不见了三姐。父亲说是失踪了，母亲在一边不说话，眨巴着眼睛，脸上布满泪痕。

　　父亲反对三姐恋爱，何况对象是地主的儿子。"阶级"是父亲一生中最畏惧的字眼，他亲眼看到，在这字眼后面牵系着的许多无告的亡魂。但是，三姐无所畏惧，她确信爱情可以战胜一切。大约十天后，父亲接到三姐的来信，报告她已经到了省城。据说信很短，留下一个通信地址，说目下有工可做、无须远念云云。一个年轻女子，远在千里外流浪，无亲无故，如何不让父母挂念呢？那时没有长途电话，远近只靠信件联络，于是母亲天天催父亲写信，向父亲打听三姐的情况。为了使父母放心，三姐在信中编造了许多玫瑰色的故事。十几年后，她告诉我真实的情形是：天天跑工地，省城郊县的许多工地她都跑过。倘若做上临工是幸运的，至少有地方可以歇宿，不然就得露宿街头。由于省城严查"黑人黑户"，她无处安顿，曾经有过许多个夜晚在马路上走来走去，直到天亮。那时候没有通行证，出门需要单位证明，好在她事先让村里的一位干部朋友给了一沓加盖了大队公章的便笺，随机填写，才不至于像许多外出的青年人一样进收容所。可是，怎么可能如实陈说所有这些呢？在父母面前，她必须扮演一个喜剧的角色。直到有一天，她除掉面具，背着行李面容憔悴地出现在父母面前。

半年前，三姐同她苦恋的男人在广州的一位朋友家里悄悄举行了婚礼。后来，她把情况写信告诉了父亲。木已成舟，父亲没有异议，而母亲在儿女婚事问题上并不介入，她是任由他们自己做主的。一周前，广州出现"大逃港"风潮，传闻政府开放海关一周，内地人可以买火车票直达香港。三姐的男人就是在头两天买票去的，而她因患病不能同往，从此，"各在天一涯"，两人相隔整整二十年不能相见。

命运有一种偶然性，它那种反逻辑的力量是难以抵御的。三姐没有世俗所称的"夫家"，只能在"娘家"长住，这是她难以接受的，然而又无可奈何。她每天发烧，迅速消瘦，几个月后颈部出现肿大的淋巴。父亲作"瘰疬"处理，又延请中医外科朋友治疗，使用各种民间验方，均无效果。一天深夜，三姐

母亲与儿女

突然昏迷，抽搐，急忙送往镇上医院，诊断为结核性脑膜炎之后，再转送到县医院去。住院长达半年，多由母亲陪伴照顾，在此期间，母亲还要不时地抽身返回村里侍弄自留地里的作物。三姐和瓜菜杂粮都是母亲的儿女，此时同样离不开她。

三姐与死神擦身而过，可是脚部留下后遗症，走路一瘸一拐的样子。在村子里，她没有户口，生产队不给口粮。她连劳动的权利都被剥夺了，只好给我们带孩子，兼起保姆和家庭教师的双重角色。开始时，男人常有信来，也寄了些钱和药物，后来渐渐冷落，有几年全无音讯。于是，媒人陆续上门，劝说三姐改嫁。三姐烈性，斥退了来人，当她转过身去，心里一定很苦。也有媒人找到母亲，试图以父母之命施加影响，母亲一样摆手回绝。她了解三姐，尊重三姐的选择，但心里也一定很苦。

20世纪50年代到80年代，据说内地逃港者有一百万之多，沿海地区多采用偷渡的方式，集体集资买船，经海路去香港。三姐自知在大陆是一个没有前途的人，何况男人就在香港，因此加盟偷渡是很自然的事。她一面联络同人，一面凑集经费，有两三个月，天天拖着一条病腿，上山割草卖。每天卖草的收入不足两元，在今日菜市场上买不到一两肉，她记得"聚沙成塔"的古话，在这个世界便没有困难可以阻挡她。可是出师不利，不是毁于告密，就是中途受阻，三姐无论如何奔走挣扎，最后仍旧被命运扔回原地。

因为偷渡，三姐在县城的监狱里关押过两次，又因为有过这种"投敌叛国"的行为，在父亲被打成"现行反革命"的时候，她也被拉到大会上陪斗。记得中秋节那天，我到城里探监回来，母亲蹙着眉，还是那种熟悉的语气问："阿三怎么样了呢？"我说话哄她："三姐很好，人胖了。看门的让我们说了许久许久的话，还告诉我，她很快就出来啦。"其实，监狱的人根本就不让我见到三姐。

"义革"结束后，三姐向公安部门多次提出申请，终于在1980年获准去了香港。我至今清楚地记得她告别家人时高兴的样子。直到她踏足港地，才得知她的男人已经另立了家庭。

梦想破灭了。可以设想，对于三姐来说，这是一个何等沉重的打击。她第一次回乡探亲时，两个眼圈黑黝黝的，看起来像熊猫一样，明显是失眠的病征。

母亲第一句问话是："阿梁成家了没有？"可见问题在她的心里盘桓已久。三姐强颜欢笑，自然说没有。但是，母亲始终感到困惑的是，她的女婿并没有随同女儿一起回来省亲。她向三姐提出，她很想到香港玩玩，实际上无非希望借机探听两口子的底细。孝顺的女儿迁延没有答复，母亲当然不可能成行，为此，三姐不知怎样地痛恨自己。

三姐是劳工阶层，收入少，假期也少，每年回来一两次，每次最多逗留三几天。在香港，她租房住，那里的房租昂贵是有名的，这样可支配的余钱并不多。她头几年回来都会多带些钱给我，怕我孩子多，薪金不敷家用，后来就把钱全给了母亲。母亲从来不懂得花钱，给那么多钱干什么呢？三姐说："她要留着就留着，送人就送人，用不着管她，只要她高兴就行。"对三姐来说，与其说是报答母亲，不如说在救赎自己！

十几年来，三姐只有一次长假，足足有半个月时间，早晚和母亲在一起。她返港之后，母亲好几天躺在床上不出门，我看她的时候，一副泪眼婆娑的样子。她对我说："阿三走了不习惯，心里老挂着。"

母亲去世那年，刚好三姐退休，她在广州买了房子一个人住，有充足的空间，也有充足的时间，只是母亲已经用不着陪伴了。

四妹的婚事问题，同样困扰着母亲。

我自从做了乡村医生，而母亲又吃了"老人粮"之后，四妹便成了家里唯一的劳动力。除跟随生产队出工以外，从前母亲做的家务活大半落在她的头上。她年纪轻轻，可是没有一天闲着，如此累月经年，过了三十岁还没有出嫁。

母亲平日不大管事，这时不免向我嘀咕几句，意思是要我这个做兄长的能够负起责任。如果要在乡下找一户人家，应当不是难事，但是，我对生产队体罚般的劳动和农村死气沉沉的氛围已极其反感，四妹和她的伙伴其实不想待在农村，至于母亲自己，多年恪守的关于劳动致富的信条也开始动摇了，于是开始托人在城里找出路。城市与乡村的地位太悬殊了，过去如此，现在也如此。城里人的优越感根本无法让人接受，我作为先遣代表，到城里看过两家，谈判结束事情也就结束了，连向四妹交代的勇气也没有。

不久，因为到省城工作，不得不把四妹的事情耽搁下来。好在四妹经常到城里走动，自己找到了对象，这样才了却了母亲的一桩心事。

两年后，四妹生下一个女儿，母亲宠爱得很，担当外婆的新角色而乐于操劳。小女孩成了家庭的中心，随着她一天天长大，母亲也就退向大家不复关注的边缘，一天天地衰老了。

在老家，我的几个孩子都是三姐抱带的，母亲整天戴着竹帽出门，亲近的机会自然很少。茜儿至今清楚地记得在大屋重修入伙的那个清晨，母亲负着双手背起她点灯、传唤、颠来颠去的情景，就因为平时很少抱过，所以成了稀罕事，有一种受宠的感觉。

母亲把她对儿孙们的爱完全移情到自留地的农作物中去了。她自觉不会赚钱，无法购买珍奇的东西给孩子，唯靠自己的体力，种出番薯瓜果供他们吃用。她的谦卑在这里，骄傲也在这里。每当我们围坐在一起大嚼番薯、甘蔗时，母亲常常坐在旁边，静静地看着。那样子，仿佛在欣赏大家的吃相，其实她是在告慰自己，满足自己。

孩子们都深爱着他们的老祖母，正如她深爱着不知不觉地在身边长大的一群。

母亲从医院回来，躺在厅堂里接受输液治疗，人是一天天地衰弱下去。母亲去世的当天，全家大小从城里赶了回来，都在等待着那样一个自然而又不期而至的最后时刻。人们彼此交谈，走来走去，只有小女儿卡伊一个人待在母亲的身旁，让母亲的大手握着她的小手。适逢我从旁经过，卡伊突然告诉我说："祖母的手变凉了！"我立刻伸手摸母亲的手、脸和前额，果然变得冰凉！我俯身大声喊叫：母亲！……

母亲的眼睛永远地闭上了。

这时，卡伊柔嫩的小手并没有立刻抽出来，依然留在老祖母的青筋暴突的大手里。我暗暗庆幸，母亲在辞别人世的时候，还有一只小手，在静静地给她传送人世间的温暖。

8 与村人

自从发生了打死小牛的事件之后，对于亲人和邻居，母亲再也不抱信任感。因为是妯娌，节庆祭拜都在一起，所以母亲和三婶母之间偶尔还有对话的机会；对诬她打死小牛并强令示众的阿祖婆，即使是近邻，出入常常碰面，母亲也不打招呼。传统的宗法观念讲亲疏，亲指"宗亲"，母亲没有这种观念。当然也不认同"远亲不如近邻"的说法，她不是战略家，根本无须理会"地缘政治"。母亲的外交原则是良心原则，以恩仇划界。

阿祖婆的媳妇坐月子，不能挑水，阿祖婆被迫亲自出马。她人太胖，步态有点龙钟，想不到头一遭就掉进井里。戏剧性的是，同时打水的还有一个人，就是三姐。阿祖婆在井底大呼"阿三"，三姐连忙招呼路人过来，备好绳索，然后翻身下井把她救了上来。从这天开始，三姐一直给阿祖婆家挑水，直到她的媳妇身体复原为止。三姐的行为受到母亲的夸赞，但是面对阿祖婆时，母亲仍然是一副冷面孔。

除阿祖婆以外，四周都是睦邻，大小战争不曾发生过。"文革"时，有两户人挟了私仇，批斗父亲特别卖力，甚至拳脚相加。此后狭路相逢，母亲不相向，也不回避，平静一如往常。

80年代初，母亲有一项外交行动引起许多人的注意。那时，我去了省城，三姐去了香港，大约是母亲有生以来心情最好的时候。一天，她在村南市场买了五六斤猪肉——这在当时很少吃肉的村人看来是一笔很大的买卖，又到供销社买了两包冰糖之类，径直到村北找两位老太太。她们迎她进屋收纳她的礼物时，都感到诧异莫名。原来土改时，风传我家将要评为富农，父亲的恐惧传染给了母亲，据说她一度为之垂泪，两位老太太在路上遇到她，向她说了安慰的话。至于说过些什么，她们至今已经全然忘记了。时间过去了三十年，母亲却还清楚地记得，所以特意前来道谢。

我发现，母亲从来不曾在邻家闲坐过，只要有闲空，就往两位密友家里跑。数十年如一日，完全固定的两位，我们晚辈称一位是发三姆，一位是贵二姆。背地里，我和妻戏称她们是"岁寒三友"。

两位妇女在村子里都是贫贱的人。人称发三姆为"地主婆"，她家是我村唯一的地主。她丈夫在城里同别人合伙开了一家米行，有点余钱，在村里建了一座"金包银"宅子。所谓"金包银"，即用泥砖砌里墙，外墙则用青砖镶嵌，取其耐用美观。倘是有钱人的豪宅，必定全用青砖，没有使用泥砖的。可是村子大而穷，没有哪一家房屋使用过青砖，于是"金包银"显得特别刺眼。一个这么大的村子，土改队认为不能没有地主，于是，房子的主人即使没有田地，也逃不掉这顶"铁帽子"了。

评定阶级之后，接着召开斗争大会，没收房屋，搜挖浮财。记得三姐牵着我的手去了会场，发三姆和她的丈夫被大人团团围住，我们在外面什么也看不到，只听见一阵阵打雷似的咆哮声。人们散去以后，会场摆放着来不及分掉的家具，记得其中有个镶镜子的木架，供妇女梳妆用的，听说那是新媳妇带来的嫁妆。我在周围转来转去，很高兴捡到几颗彩色的珠子。

不久，发三姆的丈夫死了，新媳妇跟着跑了，剩下母子两人相依为命。

发三姆的儿子进潮高小毕业，合作化时期，各个社队组建一支修筑海堤的专业队，他被抽调到队里记工。上级号召发展农村社会主义文化，乡政府在专业队的基础上成立了俱乐部。从此，他学会唱粤曲，不时地哼上一段《胡不归》之类，还曾上台表演过。这是一个不安分的人，擅长玩牌，喜吃喝，酒后漫天胡吹。他常去的地方是小学校，每到星期天或假日，便拉上几位教师喝酒。半年后，他遭到逮捕，判了七年徒刑。据说罪名是"组织偷渡"，告发者正是其中一位姓黄的教师。村里没有人相信他会偷渡，认定那是吹牛的结果。蹊跷的是，姓黄的教师同他一样，出身同为地主。

发三姆脸色苍白，上面布满了皱纹，像胡桃核一样。眼睛白多黑少，显得特别忧郁。原来她在生产队被管制劳动，儿子入狱之后，又得上山割柴草卖，积攒费用，买些儿子所需的物品邮寄出去。她生怕儿子在狱中被糟蹋掉，所以每收到儿子的来信，都很高兴，带到我们家里叫念给她听，念一遍不够，再念一遍。信里如果说胃病又犯了，她便皱着眉，默默走开；如果说不必寄药物，她便笑着逗我们的孩子玩。到了月底，她会准时带着一块白布来，要妻给她缝制包裹袋子，嘴里重复念着儿子的小名"阿眉"。

父亲被打成"反革命"期间，发三姆再没有来过我们家，大约害怕连累我们，或者怕因此生出其他事端。母亲好像也没有找她，她们之间似乎有过约定似的，我相信这都出自发三姆的主意，母亲不会有这种"阶级觉悟"。那时，我家是缺粮户，除了在大队劳动没有别的收入。每隔一周或十天，还得送钱送粮给监营中的父亲。长达半个月，全家吃不上一顿干饭，孩子也吃不上肉。一天，三姐和孩子开门进屋，发现有人从"猫洞"里塞进一包鱼干。拿起来一看，知道是发三姆的东西，因为包鱼干用的是先前从我家取走的旧报纸。后来她还送过几次食物，都是经由"猫洞"这一特殊通道进来的。

进潮释放的当日，发三姆高兴得要命，特意来我家派糖给孩子。经过一场牢狱之灾，进潮的性情一点也没有改变，仍然像个大孩子一样。他照样玩牌，喝酒，哼曲子；诡异的是，她又找上姓黄的教师做了酒友，常常到小学校去。好在发三姆对他不存什么希望，活着就好。出生在这样的家庭，反正结婚生子、延续香火是不可能的了，除此之外，人生还有什么大事呢！所以儿子想做什么就任由他去，发三姆并不加干涉，很豁达的样子。倒是母亲看不惯，有时就数落进潮，要他多在家里吃饭，陪陪他母亲。可是，进潮对任何事情都已经满不在乎了，不在乎他母亲，也不在乎他自己，照样过活。发三姆病倒之后，进潮也很少在家，我母亲经常过去照看，陪她说话。没有多久，她就病殁了。

　　另一位密友贵二姆是个寡妇，很早死了丈夫，带着两个女儿和一个儿子，可以想见生活的艰难。

　　这样的人家在房族中也容易受欺负。两个女儿出嫁以后，儿子迟迟未能成婚，这就给贵二姆带来太大的压力。她开始发作一种怪病，歌哭无常，又净说些死人的话。村里人说是神灵附体，发作时男女老幼都围过来看，像看社戏一样。贵二姆是有名的老实人，不像村里的几个女巫师那样装神弄鬼，游仙赚钱；当她长长地打了几个嗝，做完表演性质的所有动作之后，人就显得很疲惫，气若游丝，差点要死去似的。父亲说这是"脏躁症"，过于劳心所致，给开了药方，又嘱母亲留在她家里照顾。这样的病症，贵二姆发作过好几次，直到讨到儿媳妇以后才痊愈了。

　　贵二姆家和我家隔一条巷子，不算太近，而且入社以后也不在同一个队里，母亲何以会同她建立起一种亲密关系的呢？我始终找不出一个理由。

在乡下，像邻居互相间送一些食物是很常见的事，但是，母亲常常问计于贵二姆，在我看来实在颇为滑稽，因为贵二姆同母亲一样，都不是那类脑筋活络的人。总之，无论何种事情，母亲都要推贵二姆为高明，自己甘拜下风。譬如做糕，就常常把贵二姆请来，特别是清明时节做的"松糕"。在乡下，松糕又叫"发糕"，如果发酵成功，那糕就会蓬蓬松松的膨大许多，这叫"发"。发取发家、发达之意，所以，母亲到了做发糕时，必定如临大敌，小心备至。几十年间，大凡清明做糕，好像没有一次不是由贵二姆亲临督阵的。

"文化大革命"刚开始时，我被一群教师、民兵和"积极分子"拉出去批斗了两个白天和一个夜晚。为了防备抄家，我把藏书分作两个部分，留下少数马列和鲁迅著作，其余的古代和外国的著作，不论政治的、哲学的和文学的，在当时都属于"封资修"范围，因此必须设法转移并且立刻烧掉。我用装稻谷用的竹箩把书装上，包好，到了深夜，让贵二姆的儿子分多次挑去。据母亲说，贵二姆和她的媳妇把书投入灶膛里烧，一边拆，一边烧，一直忙到天亮。

贵二姆的媳妇后来难产死了，遗下一个小男孩和一个领养的小女孩。她平时带着两个小孩放牛，牧鹅，走到哪里都是祖孙三人。母亲经常到他们家里，两个孩子也会经常拉着母亲，相跟着到我们家，就像一家人一样亲热。

两个孩子长大成人时，贵二姆已经辞世。女孩出嫁，男孩迎娶，母亲都送了厚礼。母亲去世当天，男孩从老远的地方跑了来。当他带着老婆孩子进入厅堂，见到母亲的遗容时，禁不住号啕大哭。

9 与陌生人

母亲回避亲人、熟人、邻居，却并不回避陌生人。在我看来，这是一种很奇怪的逻辑。《水浒传》有一个英译本，名叫"四海之内皆兄弟"，看来梁山泊的土匪是喜欢接纳陌生人的。因而想，天下的土匪大抵都如此，土匪的儿女也如此。

是一个圩日。

在离村子两里地远的海堤转弯处，有一小群人围聚在那里。恰好母亲到田间施肥路过，发现地上躺着一个中年妇女，踡曲着不断号呻，她的身边搁放着一个装着什物的竹篮子。路人愈来愈多，都在七嘴八舌地议论着，却不见出手相助。母亲把粪桶放在路边，静静分开人群，扶起病妇，架起来一步一步走到家里。她差人把父亲从卫生站叫回来，煎药给病妇吃了，又拿出干净衣服给病妇换洗；等病妇恢复过来时，天色已近黄昏，再也回不到大山里去，只好留待第二天吃了午饭再走。

第二个圩日，病妇的丈夫带了一些山货，特意上门道谢；后来，山里人还来过几次。有一次，我从学校回来，三姐说山里人刚走，接着笑道："这个人说不要礼银，把女儿送给父亲做儿媳妇呢！"

父亲告诉母亲，这样把病人带到家里很危险，说："好在病人得的是肠胃炎，要是霍乱怎么办？你说怎么办呢？"母亲听了不高兴，立刻把嘴噘了起来。

对母亲来说，她根本不需要知道肠胃炎和霍乱的区别，只知道眼下该做什么就做什么。"四清"工作队进驻村子之后不久，母亲又收留了一个人，而且在我家住了一个月之久。父亲对政治运动一直怀有警觉，这回却是忽略了，他没有想到，这是比霍乱病更危险的事情。

这个人姓关，名字叫君汉，是百里之内有名的一家大地主的儿子。土改时，他念中学，在学校报名参军，后来加入志愿军文工团。从朝鲜回国后，据说犯了"错误"，至于是"生活作风"问题，抑或政治问题，是做了"右派"又或是刑事犯罪，都没有人知道。他自己透露说，原来有老婆孩子，现在没有了，成了典型的流浪汉。

不久前，君汉回到老家，家里被镇压的被镇压，上吊的上吊，病死的病死，一个亲人也没剩下来；房屋早已分给了贫下中农，结果连个落脚的地方都没有。这时，他想起有一个姑妈在我们村里，于是前来投靠。关于他，一是来路不明，二是没有口粮，一个老姑妈如何可能提供保护呢？给他塞了点东西填肚子之后，对不起，扫地出门了。

君汉从进村到离开，前后不过一个小时，招来了一大群人跟着看热闹。刚好事情发生在我家所在的巷子，母亲听到人们纷纷议论，不禁可怜起这个无家可归的汉子，于是把他带到家里，说是暂时住下来再说。

那个周末我很迟离校，到家时，家人已经开始吃晚饭了。我发现座中多出一个陌生汉子，大约此前他听说我在学校，看见我立刻站直了身子打招呼，没有多说话，坐下来继续闷头吃他的饭。母亲向我笑着，睐了睐眼，不知道什么意思。饭后有几个人进来闲聊，君汉背对那么多人，竟然大模大样地走向天井的猪圈小解。我们都觉得不好意思，故意大声说话，装作没看见，只听得粪桶咚咚咚地发出一阵钝响。

晚上他在我们的小屋子里睡觉。我发现他的全部家当，只是一条军用被单和一只大口袋，内中装着几件旧军装和黑色短裤，外加口盅牙刷之类。还有一本杰克·伦敦的小说《荒野的呼唤》，书很破旧，边角全卷了起来。睡觉时，他赤着上身，鼾声弄得很响，第二天起得早，把被子折叠得整整齐齐，然后搁在大板凳底下的口袋上面。他刷起牙来十分细致，要是穿上军装，一定把风纪扣给扣上。

君汉块头大，小眼睛，宽脸膛，天性中有几分幽默，喜欢说笑，笑起来眼睛眯成一条缝，露出满口洁白的牙齿。但是，笑着笑着，他会突然把笑容收敛起来，变得十分严肃，像出庭一样。这时，那苍黄的脸色开始泛青，让人担心他害了重病。我从来不曾见过表情的转换可以这般迅速，一点过渡也没有。

在那个年代，像他这样没有户籍的人是很危险的。我注意到，他一直在护卫着作为一个军人的身份。他告诉我，有一次坐火车，靠窗坐着看风景，咣唧咣唧，不料放在几上的口盅在车身晃动时摔到窗外去了。他一刻不敢怠慢，马上跳车，把丢失的口盅捡回来抓在手里。为什么他为了一只小小口盅，竟要冒生命危险呢？原来这是他去朝鲜时的军用口盅，他指给我看，在白色搪瓷上面，印着"中国人民志愿军"的红色字样。显然，他要夺回来的并不是一件纪念品，而是有关他的履历的唯一证据。我因此怀疑他身上的军装虽然褪色发白，却依然保存得那么完好，也都是出于同样的原因。

一周后回家，发现小屋子多出一把小提琴。原来村里的青年人知道君汉是文工团的人，便找来俱乐部时代的遗物，带给他演奏。当晚，我总算见识他的技艺了。

为了取悦众人，或者不无炫技的欲望，剩下一点当年作为纨绔子弟的嬉玩的习性也是可能的。当君汉演奏军歌的时候，常常出现两重奏多重奏，是我在别处未曾听到过的。他还奏出许多20世纪50年代流行的苏联歌曲，边拉边唱，有一种回忆的深情。及至演奏《拉兹之歌》，他的整个头颈紧靠琴身，像倚靠在亲人的肩膀一样。

他唱道：

　　　　　到处流浪，
　　　　　到处流浪，
　　　　　命运唤我奔向远方……
　　　　　孤苦伶仃，露宿街巷，
　　　　　我看这世界像沙漠，
　　　　　那四处空旷没人烟。
　　　　　我和任何人都没来往，
　　　　　活在人间举目无亲，
　　　　　任何人都没来往，
　　　　　好比星辰迷惘在那黑暗当中……

这时，他的声音低沉，近于呜咽，眼睛闪着泪光。不一会，他仰起头，大声吼道：

　　　　　我的命运啊，我的星辰！
　　　　　请回答我——
　　　　　为什么这样残酷捉弄我……

如果夜晚没事，母亲不会轻易到小屋里来，这个晚上她来了。

她一边听，一边环视众人，看到大家为她的客人的琴声所陶醉，一直笑吟吟的，显出很荣耀、很满足的样子。音乐确实是上帝的语言。大家都听不懂琴手的唱词，母亲更是一无所知，可是他们都能随着琴声的旋律而亢奋，而哀戚，而沮丧。当母亲发觉君汉情绪低落，无心弹奏时，便提前走了。

幸好聚众喧哗的举动未及引起工作队的注意，客人就离开了我们家。由于他的姑丈多次求情，生产队队长同意他入队；他不懂农活，便安排他放牛，大家调侃说是"放牛司令"。从此，他拎起大口袋，搬进了队里的牛舍。

我到过君汉住的牛舍。在一间屋子里，拴着三头大牛和一头小牛，他在靠里的角落里铺了稻草，没有席子，垫上军用被单就直接睡在那上面。牛舍只有三个小小的日字形窗口，整个屋子充溢着稻草和牛粪混合的气息。在青年们的眼中，这是一个有文化、有阅历，古怪而随和的人，所以常常结队来访。这时，小提琴不知被谁拿走了。据说他一个人独处的时候，会常常哼歌，吹吹口哨。

屋子里没有铁锅，只有一个铝煲，饭熟以后倒出来再煮菜。君汉没有钱买菜，对他来说，凡是容易到手而无毒者皆可做菜，譬如暴雨过后死在路上的蛇、鼠、蛙，他都会捡起来一股脑儿放进煲里煮食，大家笑他胡来，他回答很独特，说是"动物营养比植物营养好得多"。

我家有一个草间正好与牛舍相邻。母亲在搬草堆粪的时候，时常看望他，有时候给他带去一些食物，番薯白菜是最常见的，鱼肉也有，当然更多的是吃剩的饭菜。

十多年以后，我来了省城，君汉也早已离开我们村子，到粤北的一个农场工作了。一天，他突然来访，我在珠江岸边找了一个小馆子和他相叙。他看起来没有太大的变化，脸色还是先前一般的腊黄，只是军服换成了灰衣服，头上多了白发。他说在报上见到我的名字，就径直找过来了。话间，他特别问起母亲的情况，我答说身体还好，奇怪的是，他的眼眶红了，接着眼泪线一般流了下来……

而今，母亲已经故去，不知君汉平安否？

10 与世界

有一件事发生在母亲身上，实在匪夷所思。

假日，全家到酒店吃饭，经过一幅大镜子，母亲忽然指着镜子里的自己说道："瞧这老婆子，头发全白了，背也驼了，快要走不动了。再过十年，怕我也要变成这样子了呢！"

我们觉得荒诞，可是都不敢笑出来，也不敢把实情告诉她。就是说，到了最后，母亲仍然不认识自己。

镜子与妇女密不可分。小时候，家里有一把手掌大的长方形镜子，是当时家庭流行的一种，镶着铁框，背后有支撑的铁线支架。至今已经忘记是母亲用的还是三姐用的，抑或是两人合用，总之，印象中母亲梳洗时是不用镜子的。城里的新家镶有一面壁镜，想来母亲出入其间一定会照见自己。可是，妻告诉我，母亲曾经说过，她害怕照镜子。这使我想起史书中关于镜子发明以后，人们惊恐和迷惑的记载。大约母亲在镜子面前弄不清楚为何有两个自己，如果撇开光学知识，唯忠实于个人感觉的话，那么，把映像看作幻象、异像或幽灵，不是没有因由的。

母亲说到底是一个前现代的人。

世界太大了，而且，变化太快，花样又多，母亲怎么可能认识它呢？

母亲活了93个年头，一生走不出小村子；即使晚年迁居城市，仍然走不出小村子。她不知道有一个地球，在她的眼中，大地是平的，望不到头。所谓世界，就是一个村庄接连一个村庄，一个城市接连一个城市，没有中心也没有边缘。她知道有一个中国，别人说她是中国人，她就是中国人。当然还有外国，但是外国在哪里她不知道。她不曾见过外国的国旗，也不知道世界上还有所谓国家，有所谓普选和公投，那投票就像习惯的拈阄一样。她知道世界上最远的地方就是北京，知道那里是出产皇帝的地方，却不知道有著名的中南海。不过，她知道那里有一个广场，很大很大的广场。

世界上的大人物，除了毛泽东，她一个名字也不认识。土改时，家家户户都发了毛泽东像，父亲小心翼翼地贴到墙上，从此母亲知道了那是个大人物，根本不懂使用"领袖"这个词。"文革"时流行"老三篇"，人人知道毛泽东说的"为人民服务"，她也弄不懂"人民"是什么东西。人们把毛泽东说成"红太阳"，她更不解，人和太阳有什么关系呢？除了毛泽东，所有人在她看来都是差不多的，就像一堆番薯，没有重要和不重要的区别，也没有彼此依附的关系；她不知道世界上还有组织的存在，因此，众多的人对她来说，都成了番薯，一个一个的番薯。

父亲常常笑话她什么都不懂，什么事也不管，天塌下来就当被子盖着。她是本分的人，凭什么去管天下的大事？何况许多大事连大家都不知道。对于她，世界上最大的事情莫过于家人害病、坐牢、被批斗和被管制，其次是她的两个密友的事，再就是村南发生的事，连村北也管不到。比如，我们巷子里一共十多户人家，有两家的女儿上吊死了，另外两家的妇女跟别村的男人跑了，两个小青年吸毒，一个被关进戒毒所里了，又有一个青年人加入了黑社会，最近失踪了……这许多事情，她都没有打听的兴趣，别人告诉多少她便知道多少。她知道了也不做宣传家，不报道，不议论，只是将消息透露给自家的儿女，暗地里为别人的灾难叹息。《史记》云："桃李无言"，说的是"圣人"。母亲不是圣人，不是桃李，连灌木丛中的一枚浆果都不算，她只是低地里的一片草叶。

母亲是一个实在论者，不依赖逻辑、联想、形式主义，做不成形而上学家。面对世界，她一再坦承自己的蠢笨无知；但是，

这并非苏格拉底式的策略，她不用策略，从来不懂策划和算计，那是聪明人的事情。她唯用自己的眼睛静静地看世界，感受世界。她在有限的范围中使用她的知识和智力，不同他人比较，不追求完全和完美，不存僭妄之心，不希图超越自己。让他人超越去，她不羡慕，也不嫉妒。她只想一个人留在原地，其实连想也不曾想到过，只是过去在那里，现在还是在那里。

母亲留在原地，正如生长在旷野里的树木，唯其不是世系名贵的嘉木，所以无须栽培，无须修剪，无须合乎规格地使用。她吸收的是自然的养分，向天空生长，向四周生长，更多地向自己的内心生长，所以特别结实坚硬。

像许多农村妇女一样，母亲不曾受过正统的学校教育，她的知识、理性、道德，都来自生活自身的教育，野性的教育。在古老的歌谣、传说、戏文、格言、谚语和各种风俗习惯中，母亲伸展她的根须和枝丫，默默收集散布其间的光明、爱、向善的一切。她的生活是劳动者的生活，劳动赋予她许多美德；在劳动中，她是主角，她主宰生活。她知道种子是怎样成为果实的，所以她坚守自己，不指望他人的赏赐，专注于眼前的工作，从不怠惰，从不屈服，直到最后。

人们常常称引康德的话，他说始终仰望头顶的星空，同时倾听内心的道德律。母亲虽然不曾像圣哲那样向往千万里外的神秘的空间，却也能俯视脚下的土地，恪守一种道德。不是抽象的道德，而是劳动者的道德，实践的道德，与大地结合为一体的道德。

11 与神明

母亲笃信观音菩萨，但不是佛教徒，而且不知道世界上有佛教。自然，基督教、伊斯兰教等众多的宗教也不知道，由宗教引发的战争更不知道，正如不知道由各种主义引起的纷争一样。其实，知道或不知道于她都没有关系，她不关心也不干涉别人的信仰，这里谈不上宽容，她只是相信属于她的灵魂的神祇，如此而已。

在乡间，人们大多信神，也信鬼。母亲从来不曾对我们说到鬼，大约在她的认识中，人死后都会上升为神，而神是善的，正如活着的大人总是设法庇佑孩子一样。所以，每个家庭的厅堂都供有祖先的神位，布置着香炉和烛台，在节庆日或纪念日中接受后人的拜敬。大凡在这个时候，母亲显得特别虔诚，早早准备好祭台杯盏，从不肯仓促完事。所用的祭具，也要擦洗得非常干净，生怕玷污了圣洁的神。而且，事前一定要把孩子们找到，让大家鞠躬、跪拜，为先祖把香烛点燃。

村里原先有三座庙，供奉不同的神祇，土改后把里面所有的神像都捣毁了。公社化时，建造公共食堂缺少砖瓦木石，于是拆毁民舍之余,将庙堂统统夷为平地,并改造成小学校的运动场。

20世纪80年代初,民间兴起一股造庙之风,村里顺势重修庙宇,按人头收费。据说母亲踊跃得很,除她以外,连同已经迁往城市的家庭大小成员,也要额外缴纳。每次庙会,包括祭神活动,母亲也都主动捐资。在敬神的队列里,她认定了她的家庭是不缺席的,因为她的子孙是神的子孙。

母亲随我来到省城居住的时候,父亲去世不久。她向我提出买一座小观音坐像摆在家里,说是留意到许多城里人家都设有神龛,有的甚至使用通电的红蜡烛,我们家不大,摆放一个瓷像就可以了。又说,家里有观音在,祖先有个聚集处。她的意思是,只要把香烛点燃,远去的魂灵就可以被招引回来。我始终觉得,这种做法很荒谬,没有理会她,也没有向她做出解释。后来,她还向我说过好几次,说明在她内心里一直很坚持。

母亲敬畏神明,却从来不曾为她个人祈求什么。她几次住进医院,治疗不佳,迁延时日,都没有像乡下许多妇女那样,要家人请示神巫。面对神明,她一面缅怀先人,带有感恩性质;另一面为后人祈福,希望在于将来。她一定想不通,一个亲近神明的小小愿望在儿子这里为何无法实现。

母亲希望把已故的亲人和生活中的亲人连在一起。其实不只是希望,对她来说,也是一种确信。在此期间,她一定想念父亲了。她会想到他在阴间的凄苦无依,希望通过香火和小神像,让他重新回到从前大家庭的氛围里。

这是母亲去世十多年来，只要想起来就让我追悔莫及的一件事。

母亲最后出院回到老家，我买了一座崭新的电子钟，挂在她卧床对面的墙上，让她看得见时间的走动，寂寞中也算多出一个陪伴。其实，母亲的生命只维持十多天就完结了。百日过后，按照乡间的习俗，择了某日清晨，我们为母亲举办了"上花"的仪式。这个仪式办过以后，祭期便告结束。

就在这个清晨，我们吃惊地发现：壁上的挂钟指向七点。时间凝固了。指针停在原处，一动不动。

12 告别

母亲！

一切都无济于事。我曾一百次拒绝医生，却又第一百零一次寻求医生，寻求针药。直到母亲停止呼吸，布满针孔的淤黑的手上，仍然接连着针头和输液管，氧气瓶仍然站在身边。其实，我早就应当听从医生的劝告，让她安静地眠息，可就是不愿放弃希望，期待有一天出现奇迹。希望是固执的，它使母亲徒然受苦，而人还是一天一天消瘦下去。在这个时候，我固执地相信，母亲仍然不忘保护我的心灵，让生命一点一点地耗尽，以使我做好准备而免于在瞬间碎裂。

然而，一切都无法挽回，我不得不请来风水师，为母亲寻求最后的安息地。

我把地方选择在父亲墓地的旁边，让母亲的头顶有松树的荫蔽，让金鸡湾的流水从她脚下逶迤穿过；让面前空旷，可以望见不远处的西边园，那里的木麻黄丛林曾经是母亲和我们劳作时休憩的所在；让望牛岗、梅子坑、鸽岔、白塝的田地依次展开在母亲的眼底，让高高的罗琴山从白云那端唤起母亲迢遥的记忆。这是一片开阔地，没有遮拦。

选好墓地之后，我必须为母亲的远行探寻一条平坦的道路。次日，我佩带柴刀，扛起锄头独自出门。经过村边的水塘、竹林、田垅、山坡，沿途斩除棘木和刺藜，搬走大小石块，填平水洼和低地。然后，坐在山岗上，四顾苍茫，顿时感到无比的孤独。父亲去世之后，因为母亲的存在而减轻许多苦痛；如今当母亲相随而去时，我才真切地感到作为一个孤儿的境遇。

最后的时刻。

我无力阻止他们把母亲搬走，像搬走一段木头。这是一群冷酷无情的人，他们不会尊重任何一个逝者，不会尊重母亲，可是我无力阻止他们。我扶着母亲的棺木，跟随着他们，穿过缭绕的雾气，伴同不时响起的唢呐声和爆竹声，直到墓地。那时，我像一个驯顺的孩子，听从他们的指定，为远去的母亲准备好一切：粮食、水、陶罐……我烧了纸钱，点燃香烛，照亮黑暗中的母亲，让她带着这有限的物质上路，一个人去走那无限的行程……

太阳升起时，母亲缓缓沉落大地。

母亲从小同泥土在一起，而今她把整个人交付给了泥土。我同众人一起，抓起泥土撒向母亲。撒土，撒土，我不知道撒土是什么意思，但是在那个时刻，我的心突然恢复了宁静。我听见一个声音说：母亲已经进入另一个世界了。

我凝视隆起的新土，唯含泪默默祝祷。

十四年过去了。

时间之流深且阔。母亲，我无法等你回来，也无法泅渡到你身边，多少纷纭往事已随流水远去，剩下的碎片如何可能拼凑真实岁月中的图景？十四年来，无论从奉祖传的习俗烧香、跪拜，或者像其他文人一样在追忆中书写，我一样是形式主义者。母亲，我知道：我找不到你，没有道路通向你。

别了，母亲，永远别了！

2016年8月20日

父　亲

　　一个大小半尺的原木相框摆放在书桌的上端。十五年了。由于居室靠近阳台，灰尘很大，每隔一段时日都得扯一块棉花擦拭一次；不然，里面的面影和衣衫很快就给弄模糊了。

　　这是朋友为晚年的父亲拍的一帧侧身照。

　　父亲身后的院子，那砖墙，小铁桶，孩子种的花草，一切都是我所熟悉的。如果说院子是一个小小王国，那么父亲就是那里的英明的君王。他以天生的仁爱赢得儿女们的尊敬，以他的勤勉和能力，给王国带来了稳定、丰足与和平。作为一个乡村医生，他对外施行仁义而非"输出革命"，所以，邻居和乡人也会常常前来做客，对父亲的那份敬重，颇有"朝觐"的味道。我最爱看傍晚时分，忙完一天活计，他一个人端坐在大竹椅上那副自满自足的样子。但是，自从院子的土墙换成了砖墙以后，他就迅速衰老了，目光里仿佛也有了一种呆滞、茫漠的神色。只是照片里的父亲很好。在拍照的瞬刻，父亲因为什么突然变

父亲像

得那么兴奋呢？我猜想，一定是他喜爱的孙儿一个顽皮的动作逗得他发笑，要不就是拍照的朋友让他做一个笑容的时候，他笑着笑着便真的笑了起来。总之脸部很舒展，很明亮，很灿烂，让人看了会马上想起秋阳照耀下的一株大立菊。

父亲是乡下少有的那种爱体面的人，而他也确乎能够维持相当长一段体面的日子。自从20世纪60年代末，他两次被打成"现行反革命"以后，整个人就变得很委顿了。遭遇了一场政治迫害和人身攻击，他发现，他在周围一带的威望已经大不如前。而且年近古稀，再没有可以重建的机会，何况运动的险恶随时伺机而起呢。

那时，父亲被撤销了大队卫生站医生的职务，还一度被剥夺了行医资格。这个打击是沉重的。由于命运的戏弄，过了一段时间，我居然做起了医生，辗转以至终于代替了父亲的位置。这种"子承父业"的情况，应当令父亲感到宽慰的了；但我发觉，事情并不完全是这样。因为老屋行将倾塌，我通过多方借贷，重新建造了一座青砖大瓦房。建造期间，父亲是兴奋的，忙碌的；他总喜欢包揽或干预一些事情，譬如给人计算砖瓦账之类，但当见到我走近，有时竟会中途突然停下来。我总觉得那神色有点异样，但是形容不出来，也无法猜度那意思。他总该不至于嫉妒起自己的儿子来了吧？大约在这种场合，他觉得他的存在有点多余，或者自觉已经失去了干预的能力。无论如何，属于他的王国是被摧毁了。在父亲看来，像造屋这样的大事业，是只配他一个人来撑持的。他是唯一的顶梁柱。他应当把巢筑好以后来安顿他的儿女，让儿女在他的羽翼之下获得永远的庇护；而今，事实证明了他不但无力保护，反而成了被安顿的对象。他不愿意这样。

然而，时光同世事一样无情。这是无法抵御的。

后来我到了省城做事。每次回家，都明显地看到父亲一次比一次衰老。终于有一天，父亲一病不起了。

父亲中风卧病半年，我不能请长假照顾他，只能间或匆匆回去看望一次。最苦是父亲不能言语，只能呆呆地望着床沿的我；有时，我能看到他眼里闪烁的泪花。一天，大家都说父亲不行了，要我请理发师傅给他理发。在乡下，老人临终前，理发几乎成了一种固定的仪式。我不愿承认父亲的大限已到，更不愿父亲承受这样的折磨。为了这件事，我足足犹豫了几天。周围的人都来劝说我，说理发是为父亲好，他到了阴间以后会如何如何。我同意了。

我把村中的理发师傅请了来，亲自将父亲强扶起来，又叫了两个人帮忙抱住他坐好。当剪刀刚刚落到他的头上，他的身子猛的一抖，眼睛在刹那间露出极度惊恐的神色。父亲一切都明白了！我的眼泪忍不住唰地流了下来……

我要一万遍诅咒乡间的恶俗！一万遍诅咒自己的愚蠢和残酷！就在父亲生命的最后时刻，是我用自己的手，掐断了他也许一直在苦苦抱持的生之希望，只一掌，就把他推向黑暗的永劫不复的深渊中去了!

　　每当想起父亲,我都会不时地想起他最后留给我的惊恐的一瞥!所以,相框虽然摆在桌边,也常常有着不愿重睹的时候。我曾经将照片放大了一张送给姐姐,她不要,说是见到父亲的照片要哭的。我知道姐姐,她比我更深地爱着父亲。

2000年10月10日

写在风暴之后

—— 献给父亲

在故乡的一座临流的小山上，多出一抔坟垄。这坟垄，竟然成了您的陌生的新居，父亲！

月光如水。好冷的月光呵。星群都在窗外灿烂，我独自厮守的是古老的油灯。灯焰微微颤动，吐着黯淡的苍黄的光晕。今夕何夕？我乃沉思过往的哲人对于生命的各种礼赞与感叹，沉思您的一生。

"开到荼蘼花事了。"温柔了整整一个春季，父亲，我却不能日夕侍候于您的旁侧。面对一个社会，背负一个家庭，我不能不持续着我的工作，那始终惹您忧思的文字生涯。只是，每隔一段时间，才悄悄拉扯出几天，匆匆归来看您，但也得匆匆离去。人生聚首的时刻何其短暂！记得病后的头两个月，您犹能垂询和叮嘱我以凝注的眼神，此后就漠然无所视，已经认不得我了！虽然直到最后，您也不肯瞑目，而我，又怎能完全读懂其中所蕴含的意思呢？

　　奈何不能言说。从瘫痪卧床的头一天起，您就不能言说。三年前，当您把手中的一张处方写得七歪八倒，不得不被送上吱嘎吱嘎的手推车的那一天起，就告示着脑血栓已经形成。事后，我凭仅有的一点医学知识，劝您认真调治，您高隆的鼻子于是仰起。您太自信了。在您的眼中，生命仿佛是不可战胜的。作为中医，您那般忠实于先贤的教条，不相信《黄帝内经》之外还存在着什么严密的科学。尽管越来越健忘，甚至吐属不清，您仍不服药，仍放纵伤人的思虑，仍吃您所嗜好的富于油脂的食物，在一个并非人为的禁区里逞能，结果悲剧提前发生了——

　　中风！

　　这是您所不敢逆料的。作为"六淫"之首的"风"，对于您，准确一点说，乃源自那场社会大动乱："文化大革命"。那样一场史无前例的罡风，是数以亿万计的善良的中国人所未及逆料的。

　　风起于青萍之末，旋即动作于泰山之阿。只消一个早晨，就以虚假的"大民主"毁灭了存在于纸面上和现实中的所有法律，接着托言"群众专政"而剥夺了人民群众的全部自由。风邪之盛，致使人们在长达几年、十几年之后犹未能完全清醒过来。

　　当斗争的哲学成为唯一的哲学，最高的哲学，运动便颠连起伏，没有已时；我们也只好随之颠沛浮沉，命途叵测。以父亲这样在乡间具有港澳关系而且颇为通达的人物，在"清理阶级队伍"中，自然要成为最佳人选了。宣传队进驻以后，曾在小小的卫生站内逡巡搜索了几天，结果发现，壁上的一幅张贴已久的领袖像，面部有些许凭肉眼尚可辨认的模糊，于是立即宣布了"阶级斗争的新动向"。您当然是一名"现行反革命"了。

您以同情心、能力与勤勉，还有相当的冒险精神，为自己赢得了一个小康的家庭和甚高的人望。现在属于您的，则只有关押、游斗、挂黑牌、领受拳脚的教训等充满凌辱的日子。如此人生的大差跌，您能忍受么？后来您对我说，这期间，您常常想到自杀。父亲，如果让您知道全国有数以万计的著名的政治家、学者、艺术家，都因为他们的正直善良而惨遭迫害的事实，您也许会变得稍微豁达一些。但居此僻壤，您知道的并不多。

眩晕。眩晕。眩晕。从此，您经常地诉说眩晕。由于有足够多的问题的困扰，加以服用点菊花、白芍之类可以很快应付过去，于是眩晕，作为高血压的重要暗示，也就轻轻地被忽略了。

人类的神经，其坚强，可以抵抗十万甲兵；而脆弱时，竟不堪承受一场运动，一次批判，一种折磨……

您在一个名叫"三结合"的监禁地足足蹲了八个月，加上后来"一打三反"运动中被押的五个月，一共被劫夺了一年多的生命。但自然，都先后被宣布"解放"了。

"解放"是流行于中国20世纪六七十年代的一个特定的术语。它意味着：政治审查已经暂告结束，可以重新做人了。做起人来以后，不幸的是，人所固有的精神，都在运动期间暗暗地消磨殆尽。对于运动中的"棍子"角色，您本着东方人的"费厄泼赖"精神，主动讨好，形近于谄。长久酝酿而成的一场民族大悲剧，固然不必过多地根究个人的责任，但又何必自卑自贱若此？只是偶尔重翻鲁迅写的关于中国人敬火神的故事，我才不禁动了深深的哀怜：您是害怕再次被烧呢！其实，我也并不比您勇敢多少，只是不愿与具体的个人相周旋，而寄希望于一种普遍的上头的精神，期待"革命路线"能够宽容些再宽容些。呵，父亲，我们为什么老是等待别人或是上面的"正确对待"？我们到底做错了些什么？"如临深渊，如履薄冰。"从什么时候起，我们就已经失掉"国家主人翁"的性格了？

向往之外的日子终于到来了。一种探索、开拓、创造的空气，在坍塌和残存的栅栏上面弥漫开来。

1976年以后，经过三年的云雨天气，天空开始逐渐变得明朗。阳光不再是一种抽象，一种假设，您已经能够感觉到身上的灼热了。您亲眼看见：您的女儿结束了长达二十年无望的思念，获准到了香港与丈夫团聚；您的儿子也已经获得了一度失去的发表作品的权利，调到省城去做专门的文字工作。如此重大的补偿，自然使您十分满足。本来，从我懂事的时候起，您便常爱发点小牢骚的。一个人，唯其有了满足感，才害怕失去。我几次听见您说："这日子到底能延续多久呢？"

要完全摆脱"文革"的阴影是不容易的。因此，只身在外的唯一的儿子，才依旧成了您担忧的对象。您每次叮嘱我：无论是日常交往或是在工作中，都千万不要种刺；种刺者得刺，人为何不可以学点世故呢？特别是文字，在您看来，其神秘性无异于传说中的百慕大三角。不必说古来有多少士人惨死于文字狱中，就拿"文革"的事实和自家的遭遇来说，那由文字组成的众多美丽的谜面，其谜底是多么可怕！可是，我们的道路毕竟宽阔许多了，封建大一统式的禁锢已经打破。今天，难道您不觉得：我们必须，而且可能告别自身的沉积已久的奴隶根性么？当此人们在各个方面同僵化的保守的体制与势力相决裂的改革的时代，雪崩的声音只能令人振奋。让众多的诗人喜鹊群般赞美崛起的幼芽吧，我仍愿做一只猫头鹰，一只啄木鸟，一万遍诅咒那些拦路的朽木和害人的虫豸们！美和刺，都是人们所需要的。只要人们需要，就值得一个平凡的人竭尽一生的力量去呐喊，去抗争。父亲，直到弥留时刻，您也没有给我留下哪怕是一句遗嘱。如果能说话，您将嘱咐些什么？是不是有必要最后重复一次以往的那些关于明哲保身的哲学？果真如此，那么，我要告诉您：父亲，我不遵从！

　　您是躺倒了，而时代仍在走路。有多少昨天犹属新鲜的观念，在今天就变得与之完全不相适应了！假如您能思想，我想，终不会责怪我的。

　　没有殿堂，没有墓碑，只有这么数百行断续的文字。此后，就让我以结实的工作，作为对您的记念吧。那放在您棺中的诗集，曾是我梦醒时的自语，待清明时节，当我应了鹧鸪的啼唤归来，手中将是另外一些响亮的诗句。那时候，让您所疼爱的膝下的一群，同山杜鹃一起围坐在您的身边，轮番为您朗诵。但愿那些落地的诗句会长出修长的墓草，为您招引阳光，遮蔽可能的风雨……

　　大风暴是过去了。我们的日子，将会因不停顿的索取而变得加倍宁静、加倍美丽的。

　　会的。父亲，不要记挂我们！

1985年7月

为一个有雨的冬夜而作

一整个冬季没有雨。今夜潇潇下了。我怀疑这场雨同你有关。雨声总是让我听到叹息、啜泣，和某种咕哝不清的耳语。

你走了——

阴惨的道路载你远去，从此不复归来！

人世间总有一些事情是无法逆料的。谁也想不到你走得如此突然，甚至你自己。你没有遗嘱。为此，嫂子一直抱憾至今。当一个人留在房间里的时候，我便想：其实你要说的话早就说完了，沉默是你的本分。什么白帝托孤之类原本是帝王的故事，唯阔人一流才存在诸如遗产继承权的问题；对于你，如果说尚有一种难以割舍的系念的话，无非妻儿温饱而已。嫂子收入低微，且不固定，待你退休在家，工资锐减，往后的日子就更艰窘了。你曾几番找上司说情，要求给嫂子调换一种工作，然而毫无结果。人活着尚且如此，况复不在呢！你最疼爱小阿英了，住院期间，便听你多次念叨过,总是担心无人照管,会跑出大街被车辆撞倒。所谓孩子是祖国的花朵云云,不过笼统的譬喻;在目下,实在只能算得是你身上的一根毛——"皮之不存,毛将焉附?"

走时,我们没有开追悼会送你。慧说,大哥生前默默无闻,身后也就不图轰轰烈烈了。我想也好,免得带累你接受那许多为你所憎厌的东西:熟悉的面孔,公文一样成批制作的花圈,以及不知重复了多少遍的冷漠无比的哀乐……

据我所知,你生平没有朋友。多年以前,也许有过几位可谈的同事,但后来都不怎么往来了。你变得愈来愈孤僻。苍黄的脸色,总是叫人想起荒漠、危崖、暮秋的古城。曾经有一位姓谭的同事,前来探问你的病情;话间,他说单位对你相当优容,历次政治运动,都没有揪斗过你,对你造成伤害。大约那用意,当在抚慰我们的吧?的确,身为"地富子弟",能够给你一个做人的机会,无论如何是可感谢的。只是不知道:这种年复一年,时时刻刻提防被打倒的心情,会不会比那些被打翻在地,再踏上一只脚的更幸福一些?

土改时候,你还是一个中学生,居然懂得抛弃学业,参加工作队,远离生养自己的故土。不论出于何种动机,如此明智的选择,都不能不使我惊服于你的早熟。为了同"反动家庭"划清界限,你有七八年光景没有同亲人晤面,直到1959年,才突击般地回了一趟家。然而没有话,把小妹带上便头也不回地

走了。留下妻子在家守你，等你，为你垂泪。慧说，嫂子十分
聪明、贤慧、勤劳，懂得分担公婆的忧患。可是于她个人，所
有这些美德有什么意义呢？她得不到你的任何方式的爱抚，甚
至一纸家书。熬过中国农业发展史上最荒诞的一个时期，她终
于告离你的家庭，那个曾经给她温存，也给她困厄的地方。后
来，她改嫁了，听说那男人待她不错，只是没出几年便病殁了。
遗下两个儿子，全靠她一双手包揽着生活，结果不到50岁，即
已枯槁伛偻得如同一个老妇。而你，却全然不顾这许多，在感
情世界里，你不容任何人向你靠近，除了小妹。你送她上学，
给她剪头发，挑选衣服，买零食，唱歌，订阅《大众电影》，把
可珍贵的一切都给她。因为你知道，只有她，才是你在世界上
唯一可靠的亲人。为了她无忧无虑地成长，你忘记了自己的年
龄，忘记婚娶，甚至根本不打算婚娶，唯愿兄妹俩相依为命而
已。然而，这是不可能的。她长成夏娃了。当你得知她有了亚
当的时候，当是何等惊惧呵！刚刚走出校门，她就被你禁闭起来，
如此一直持续了将近半年的时间。你让她读《毛选》，读革命书刊，
省悟亚当的邪恶。其实，危险的不是亚当。由于学校强行把户
口迁回原籍，她已经无法以一个正当的公民身份待在城里了，
连随同知青集体上山下乡的资格也没有。她发觉自己被剥夺净
尽。你应当明白，她的出走，并不仅仅出于生命的神秘的驱使：
与其让一个年轻有为的躯体凋萎在一个土牢般阴暗的小房子里，
毋宁零落成泥，抛弃在一个渺不可知的荒郊。虽然她不会相信

农村就是伊甸园，但是，只要不用回到老家，随便把自己打发到什么地方也都可以的，何况有了亚当呢！她一旦做出出走的决定，世界便剩下你一个人了！

出走的当天，你气咻咻追到车站。我清楚地看见你拽紧了她的手，晦暗的脸变得煞白，那样子，差点要哭出来："回去吧！回去吧！……"

然而，回到哪里去呢？

你在最后一刻的呼喊，至今回忆起来，犹似往日一般凄厉，叫我听得震颤。我是从后院进来，参与了对你的劫夺，且让你无条件地接受城下之盟。从此，你便开始接连不断地害病：胃溃疡，胃出血，胆绞痛，肝下垂，眼底出血，肩周炎，骨质增生，腰椎间盘突出，各式各样的神经痛，直到最后站不起来。从县城到省城，医院始终无法为你找到致死的确切的病因。但我想，你的病应该是无主名的。

离开车站以后，一连几年我们没敢去看你。即使关系解冻了，你我之间也没有太多的话说。去年突然接到你寄来的一封长信，你从来没有写过这样的长信，当时有一种很怪异的想法，觉得那里边的语调就像遗嘱。其中你叮嘱我千万不要睡得太晚，以免伤了身子。这回在医院，竟也不忘一再提及。从什么时候开始，你已经把我看作你的亲人，虽然这仍然是你对小妹的至爱的延伸。血是至高无上的。我相信，家庭一直埋在你的心里，埋得太深太深，才会有着这般的感情的焦渴。当一个人一心眷念着亲人的时候，他一定处在精神流浪的途中，他的心里一定很苦。

记得20世纪60年代末，那时候，大约快要"全国山河一片红"了吧？不少地方自发产生一个旨在肉体上消灭"黑七类"的运动。土改期间有过类似的做法，但是论规模，实在难以为匹。在这当中，你们县算是最有名气的了，几乎每一个公社，都有将地富分子处死的事情发生，甚至包括妇孺在内。你的父亲、大哥、三弟，多年为你所疏远所隔绝的至亲的亲人，都是在同一个时刻里死亡的。接着还有未成人的侄儿。至于怎样一种死法不得而知，自然连尸骨也不可得见，这是明明白白的死，但也是暗暗的死。总之在一个早上一切都荡然无存！收到侄女的来信，慧恸哭失声；她让我骑了车子到你出差的镇上找你，告诉你消息。你听了，阴晦的脸色立刻变得煞白，嘴唇抖动，然而始终没有话。这时，我看见豆大的汗珠不断地从你的额角渗出，其实你浑身都在冒汗，你唯一的动作是站起身来，一次又一次地拧干抓在手里的大毛巾……

作为余生者，你大约对周围的世界已经无望。而我们对于你的前景，又何敢抱乐观的态度？每隔一段时间出城看你，我们都好似扮演着施主的角色，定期送一点炭火，给你在冷冽而孤寂的氛围里御寒。至此地步，想不到竟然有人为你说媒，又居然让你有了家室，这是教我们深感欣慰而且惭愧的。

现今的嫂子至少比你年轻二十岁，人漂亮又能干，凡认识你的人，都说你有福气。家无长物，她从不怨尤，最难得是能够容受无端的责难，任你在她身上倾泻郁积已久的牢骚。临到退休，小阿英也有四五岁了，可以认字、画画，蹦蹦跳跳陪你逛菜市了。熬到头来，总算有了一个宁静的港湾，容你停泊。近几年，每次见到你，都会有笑影在你的脸上闪烁，那晦暗之色也就仿佛消减了许多……

然而你走了！

想不到在这般阴暗寒冷的日子里，你就这样无言地弃我们而去！

如果真有所谓命运的话，你是十足的苦命人。一生中，你的欢乐是如此之少，而不幸的折磨又如此之多！自然，比起父兄及众同类的死况，后死的你还算不得什么悲惨，终年六十，也都差不多挨近古稀，可以瞑目的了！

1991年12月12日

阿 毛

"这几年，阿毛常常会来——你还记得阿毛吗？"

嫂嫂一来就说故乡，说我童年的小友，企图撩拨我愉快的记忆。然而，我童年的天空阴影幢幢。

阿毛？怎不记得！可是她回来干什么呢？我一直以为，阿毛是不会回来，也不该回来的。

荧光灯幽幽地照着厅上粉绿的墙壁。岁月飘逝，人事沧桑，众多熟悉而又陌生的面孔，一齐在我面前铺展开来。三十多年了，阿毛的名字还没有人在我面前提起过，如今，突然水泡般从我记忆的深处冒了出来。一双惊恐疑虑的大眼睛，还是那样凄凄地望着我，使我惊觉，心跳，感到无限的悲凉。

阿毛是我堂伯父的孙女儿。堂伯父有田地、房产，有长工和婢女，在一个贫穷的小村子里，算得上是最富裕的人家。毋庸置疑，土改一来，地主分子的帽子是逃不掉的。冥冥中他仿佛意识到了未来的危难，土改前就早早地死掉了。而可怜的阿毛，偏偏在这个时候来到这个世界——她的祖父决然撒手的世界！

在她出生之后不久，她父亲和奶奶接连在运动中死去。一个热闹的大家庭，最后只剩下她和她的母亲，分别承担着"地主分子"和"地主女儿"的恶名，相依相偎着，在长长的世途中作着艰难的跋涉。

有一种逻辑明白无误：阔人的孩子一旦生下来，就必然分享阔人的血统和特权。因此，阿毛被当作小罪人，是理所当然的，即使她不知道什么叫剥削，什么叫富裕和贫穷。

阿毛的母亲是一位美丽而聪明的女性。她同她的丈夫一样出生在一个较富裕的大家庭，从小得到良好的教养，身处急遽的政治运动之中，是不会不清楚自己和孩子的处境的。

当时，被某种情绪煽动起来的人们以为，只要能找到一个可以被称作"地主"的人，就真的找到了贫困、不幸的根源，除去她们母女两人，村子里还能找出一个发泄积怨的目标吗？目标是不可能没有的，没有目标，就没有了斗争。"打倒地主分子"的喊声四起，棍棒、拳头随时都会从头降落，自己受苦倒也罢了，而最摧折人的是怀中的女儿！那么，就把她背在背上吧，对于孩子，世界上恐怕再也没有比母亲的背腹更为安全的地方了。孩子只要背在背上，无论走到哪里，就会跟到哪里；只要自己还在，孩子就不会受到伤害。可是她没有想到，母亲受罪，孩子也必定跟着受罪。或者一切她都想到了，只是别无选择而已。

小学校

所谓众叛亲离，作为母亲，原来也是无助的啊！

　　于是，背着阿毛受训，背着阿毛挨斗争，背着阿毛修路、架桥、修水库，参加只有地主分子才参加的义务劳动。而阿毛，这个不够一岁的孩子，从此便开始透过母亲的肩背，从木棒、竹鞭的挥动下，从不断的呵斥、辱骂声中接触和认识这个世界。她长久地伏在一面宽大的背上，在极度的惊恐之中，只能紧紧地抓住母亲的衣衫，一动也不敢动，更不要说哭喊了。三年了，母亲的肩背，是生存的摇篮，同时，又是小小的牢狱——她被一种非同寻常的母爱囚禁着；在这儿，她已然被剥夺了幼年应该拥有的一切，永远无法寻找回来的一切！

阿毛一天天长大了。

在饥饿、寒冷、疾病、暴力和死亡面前，她每天都在经受考验——这顽强的小生命！

终于，她可以走在地面上来了。那时，约莫是三四岁的光景吧，样子是极可爱的。大脑袋，略为卷曲的黄头发，黑黑的脸蛋，亮亮的眼睛。与众不同的是，在那双大眼睛里常常闪出惊恐和疑虑的光，让人看了，不由得生出无限的怜爱来。只是人太瘦了，腿长长的显得有点滑稽。当那长腿第一次走在地上，该有着怎样一种感觉？她习惯吗？离开了母亲的肩背，会不会失掉仅有的安全感？她敢不敢和别的孩子一起追逐、奔跑、嬉玩？当受人欺负时，她敢举起小拳头，任性地哭闹吗？几年来活在一个没有温暖、没有微笑的世界里，根本无法认识世界的另一面，不知道儿歌、童谣，不知道糖果、玩具。人们都习惯把儿童比作花朵，如果阿毛也算在内，那么她的芬芳在哪里呢？她只能让人想起悬崖上的一株临风的小树，纵使挣扎着长大了，遍身也只能是扭曲的枝丫！

我记得，阿毛是可能整整一天不说一句话，不露一丝笑意的。无论怎样逗她，她都低着头，一语不发，小手指无目的地来回搓着衣衫。可是，她越是这样，骄傲的穷孩子们越是拿她寻开心——

"阿毛，你爸爸呢？"

"阿毛，你奶奶呢？"

"死了？"

"哈哈哈……她说话了……"

这时候，会有一个声音大叫道："打倒地主分子！"于是，小石头便纷纷掷向她。听到她求救的哭声，孩子们这才满足地大笑着走开，或者站在原地，看耍猴一般地看她——大伙儿的俘虏，怎样飞快地钻进一间黑洞似的小屋，再也不敢出来。

小屋原本是她家的柴草间。自从被没收了房子、土地和财物，她们母女俩就住在这里。阴暗、潮湿的屋子和我家相邻，中间横着一条小巷。借着小巷，我母亲常常避过村人的眼睛接济她们，每当这时，我牵住母亲的衣角紧紧跟随，从中也得一点助人的快乐。阿毛长大以后，白天就一个人留在黑屋子里了。

黑屋子因为接连死了好几个人，在人们心目中是个可怕的地方，外人是不敢进去的。自然，家里人也不准我去，想起可怜的阿毛，只能从门口探出头去叫她一声，听一听她简短而郁闷的回答。

每天，她都厮守着屋子里的静寂和黑暗，实在按捺不住了，才偶尔走出小巷，不安地等待着母亲带着捡到的番薯、野菜归来。小巷以外的天地，那诱人的阳光、白云、飞逐的小鸟，似乎都与她无缘；然而，仅仅一条长长、窄窄的天空，便使她深感满足了。从此，她再也用不着"陪斗"，看着妈妈被人抓住头发拖来拖去，跪在地上任人打骂，她毕竟可以在这小巷中间自由地走来走去了。

人们都说，孩子天生喜欢热闹，然而我知道，阿毛是绝对孤独的。任何人都会给她带来一种无名的恐惧，只有在没有任何响动的情况下，就是说，当大人下地了，小孩子也上学了的时候，才会流露出儿童的天性来。这时，她会愉快地寻来破瓦片、石子、小螺壳儿盖房子玩;我常偷偷看她，发觉她往往把房子盖好了又推倒，一次又一次，小脸上漾着浅浅的然而真实的笑，口里小声地跟自己说着一些什么。但是在更多的时候，她都是倚在小巷口我家的一台石磨旁，眼睛定定地望着远处，像大人一般发呆，而且一呆就是半天……

望着望着，要是母亲出现在视野尽头了，她就又立刻还原成小孩子，眼睛突然一亮，露出难以名状的欣喜来，接着不顾一切地飞奔起来，直扑了过去，紧紧抱住她母亲的双腿，固执地使她无法举步，然后把脸埋进去，久久没有动弹……

母亲是孩子的港湾。对阿毛来说尤其如此，除了母亲，哪里还有她的停泊地呢?

然而有一天，她妈妈跑来向我母亲哭诉，她被人奸污了，怀了孩子。她说:"再也无颜见我的父兄和村人了，在这儿再也没法熬下去。"我清楚地记得，当时母亲只是一个劲儿地陪她落泪，默默不说一句话。

大约人都有一种求生的本能,既然无力撑持,便只有逃遁了。

终于，在一个冬天的早晨，一个刮着北风飘着细雨的早晨，阿毛被她母亲牵着小手出门了。没有告别，没有回顾，母女相依着，就这样悄悄地走了。

随同母亲，我目送着她们远行。想起先前她母亲把我抱在膝上涂胭脂、梳辫子的日子，想起她被人打断了手腕还摸着我的头发的日子，想起那个她用碎布为我做成的小书包……一时间我竟恋恋起来，只想跟在她们的背后一同走。

母亲一边把我揽进怀里，一边抹眼泪，喃喃着说："让她们走吧，到别处去找饭吃，再也不要回来了！……"

然而，三十多年以后，阿毛回来了。有了丈夫，有了孩子，有了自由的阿毛回来了。回到一个没有了任何亲人，没有了童年朋友，没有了自家的房子，甚至找不到故址的出生地来！

荧光灯幽幽地亮着，又幽幽地灭了。夜里想起阿毛，常常被自己最初的问话弄得辗转反侧，久久不能入睡。

——阿毛，她到底回来干什么？

哀 歌

堂嫂死了。

听说这噩耗，我并不感到突兀。前一回看她，除了说话，她身上已经没有任何一处可以显示生命的存在的了。可是，她毕竟只活了四十来岁，一年前尚且那么壮健，回想起来，人生真也如同梦魇一般！

她是邻村罗家的女儿。因为家穷，长得很大了，才端着板凳走好几里的路程到我们村子里念书。在小学校里，我比她高班，但当我考进县城中学的时候，她已是我的堂嫂子了。记得她做了新娘子没几天，乍一见面，便说起小学时的一个不成故事的故事。说是阅览室刚刚开放，在众多的同学中间，我这个小管理员独独给她推荐了一本连环画，还特别介绍了里面的一篇美丽的传说。而这些，在我一点也记不起来了，她却说得津津有味，完了，自顾自地嗤嗤地笑。后来，还听得她向妻说起过，说时依旧笑得那么灿烂。

无忧无虑的笑，在乡间，是只属于少女时代的；做了媳妇以后，就完全陷入网罗般的活计里了。插秧，割稻，种菜，砍柴，拾海，养猪，放牛，做饭，奶孩子和打孩子。她无所不做，且无所不能。然而，终年劳苦又于事何补，日子一直过得相当黯淡。幸好她想得开，用文雅的话来说是"豁达"，一不怨天二不尤人，从来未曾同我那位木实的堂兄打闹过。对伯父伯母，也都十分孝敬。伯母心善，只是爱唠叨，有时拿婆婆架子，骂她是很凶的。实在气不过，她会拎起一个小包袱直奔娘家，寻求精神庇护；几天过后，就又低垂着眉眼回来了。伯母死时，她哭得很悲，隔了许久，说起伯母死得突然，还曾几次提起袖子抹眼泪。但是对外，她是不甘示弱的。她有一个毛病，多少喜欢打听别人的隐私，其实这也是人们的通病，何况在乡村，生活单调而寂寞，除了这，又有什么能增添哪怕是一点可以称之为"趣味"的呢？事情坏就坏在她总忍不住要传播。乡里人虽然不及文化人那样看重高贵的"人格"，但于为人清白这点倒也讲究，遇到流言，往往要弄到非"对嘴"不可的地步。她本无意作流言家的工具，但为此，却不免要招惹一些无谓的战争，结下一些仇怨。

伯父一家是个典型的信奉神灵的家庭。家长耽迷于看风水，熏陶之下，连我的堂兄弟从小也能看掌相面，老气得可以。伯父去世以后，堂弟甚至变卖了分属于他的一间房子，把替人寻找坟山当成外出谋生的手段，潦倒不堪，这才由堂嫂接回到自己的家中闲养。伯母头脑也很古旧，生前便在屋内设了"神台"，每天点燃香烛，供拜不断。置身在这样迷信的家庭氛围中，只要脑筋稍稍灵活些，堂嫂大可以担演神巫的角色。在周围一带，巫男巫女的地位，除了乡干部，是无人可以伦比的，然而她不能。诚实注定她一辈子无法翻身。

由于耳濡目染，她究竟熟习许许多多有关生死大事的礼仪。在我父亲卧病的大半年间，幸得她日夜照护；及至去世，还亏她长辈般详明的指点，又亲自处理了丧仪中不少繁杂的事务，使我在极度悲凉和迷乱中，找到了一根支柱，一盏风灯。为此，我从心底里感激她，直到现在。

然而，想不到这么快，她就离人世而去了！

在一年前，从小妹的一次来信中得知，她突然得了偏瘫症，住院了。大约这年头，人的关系变得特别叫人敏感，堂兄很快打听到主任医师是我的同学，便求我写封信回去，希望能对病人有所照顾。我照办了。那结果，据说很应验。堂嫂出院不久，恰逢我回乡探望母亲，见到我说了不知多少感谢的话，使我非常惭愧。其实我所做的，全不费心思和力气，仅在一块小纸片上画几个字而已！

入秋，她再度入院治疗。这一回，病情凶险多了，一进去就看外科。外科用的药物是全盘西化的，堂兄嫂又都是国粹主义者，害怕大量的西药会把身体弄虚弱了，一俟病势稍缓，便

要求转到中医科去。可是，几次得到的答复都说：没有床位。没有法子想，堂兄再次央我说情。那时，县里正当举办空前盛大的风筝节，邀集了一大批外国人、港澳企业主，还有省城的一些所谓"名流"一同观光，我遂得以借机作一次逍遥游，趁便看望了堂嫂。

此时，她形貌上的变化，简直使我感到惊恐。最扎眼的一条又粗又黑的辫子不见了，头发几乎全白，面部浮肿而萎黄，反使繁密的皱纹消减了不少；最可怕是下肢萎缩，又短又细，竟使我立刻怀疑她睡的是普洛克路斯忒斯的魔床。

我的到来，使她极其欣喜，几次意欲起床站立而不能，只好倚着床沿说话。她说话变得迟缓了许多，从此再不会有从前同村人争辩的雄风了，我忽然忆起那个灿烂的迢遥的笑，不由得暗自感叹岁月的流逝和命运的无情。我胡诌了几句安慰的话，塞给她200元钱，随即逃出病室。剩下的时间，是找我的那位主任同学。我只能做我唯一能做的事情。

其实，做这一切都是多余的。过了一段时日，堂嫂便出院了。如今医院改袭了承包制，费用大得惊人，大病未愈，奈何在经济上已经无力负担。堂兄不是那类能活动的人，至此山穷水尽之际，唯有求助于巫医一途。但从此，人也就一病不起了。

春节回乡下过年，刚卸下行李，便同妻一起到堂兄家。嫂子在屋里，已经不能起坐迎迓。里屋很暗，不开窗户，大约太气闷了的缘故，没有落帐子。屋子外面，臭水沟的气味不时熏进来。屋里久未打扫，落满蔗渣和草屑，苍蝇嗡嗡营营，往人的脸上乱撞。因为堂嫂的双手已不再能够摆动，便用一块白纱布蒙了脸，我们到来也不揭开，就这样隔着纱布说话。她诉说着疾病如何被耽误的情形，话中不无抱憾。对于她，到了连鬼神也不复相信的地步，人生该是没有任何希望的了。说到丈夫一年来对她的侍候，各样的操劳，话音才明显地变得轻快起来，似乎透达着某种满足。

我们起身向她告辞，这时，她平生第一次，但也是最后一次用叔婶来称呼我们，接着说了一长串祝福的话语。我知道，这是她在作着诀别！当她特别提高了声调向我们说着这些的时候，内心需要多大的勇气呵！

清明回乡，嫂子已经死去快半个月了。

人到中年，是知识者十年来演说谈话做文章的热门题目。在穷乡僻壤，谁统计过，有多少中年人更为惨苦地突然崩折？我的堂嫂，一个普通农妇，她死于风湿，死于农村最常见的疾病，死于根本不该死的疾病，然而毕竟死了！她死于穷困，死于蒙昧，而且，死时没有花圈，没有悼词，没有鼓吹，甚至连亲人也没有一个肯去送殡！如此世态的差异，人情的凉薄，又有谁，诉说过其中的不公？堂嫂匆匆来到人世，唯无言撇下两个儿子和一个女儿。差堪告慰的是，儿子们都已经快要长大成人，可以卖力气了。春节刚过，他们便一齐告离了病重的母亲，跟随包工头前去远方陌生的都市。直到堂嫂平安入土，他们也没能接到消息，犹在想念中盘算如何拚命挣钱赎回母亲的健康呢！

女儿尚幼，刚上小学，一年前还常常拉着母亲的衣角到处转悠。这回见不到她，问起周围的小朋友，都说好多天没有找她一起玩了。死了人的人家，是连孩子也被视为不洁的。她们说，见到她的时候，她总是呆呆的，还常常一个人躲着哭。后来，堂兄告诉我，是怕她伤心，没有伙伴，才让外婆过来把她接走。

遗忘是一种幸福。尤其对于孩子，世界只配为他们展开眼前无边的开阔地，他们是无须回顾的。当此刻，推窗遥望，夜色冥茫。如果祝祷有效，对于我梦中孤苦的侄子侄女们，我要说——

明天醒来，愿你们忘记了一切，连同母亲！

1987年

忆仇者

凉风起天末。是怀人的天气。不知怎地，今夜竟无端地忆起我家仇人阿和来。

阿和是一个单身汉。在我们村子里，他是唯一的不入社、不合流、不事稼穑而以捕鱼为业的人。捕鱼的法子很特别，无需网罾之类，只用姜太公遗下的那种钓竿，再就是一点麻麸和几团"药子"。他出动的时间多在夜晚，清早便回来。劳倦与孤独，都只有他一个人知道；村人所见，只是那只提着或背着的沉甸甸的竹篓子而已。只须把篓子倒过来，鲇鱼呀，塘鲫鱼呀，石斑鱼呀，白花花就是半桶。他也会挑鱼径向市镇上卖了回来，这时，自然笑兮兮地直着腰走，连步子也无形中加快，哼哼唧唧地唱一路没词的小调儿。

所谓"赤条条来去无牵挂"，或许也可以称得上是一种洒脱吧。阿和赚的钱多，压根儿没有想到积蓄，只要钞票到手便立即喝光。他喜欢喝酒。至于喝起酒来的豪兴，放进《三国演义》"煮酒论英雄"一段里去，相信一点也不会输与曹刘之辈。他少有独酌的机会，打得酒来，往往呼朋引类，有时甚至可以多达十余人。酒徒们坐不下就蹲着，站着，靠着，或干脆把小方桌抬到屋外去。临路把碗，吵而且闹，灯明灯灭，月落星沉，都可以全然不管。除了喝酒，便没有其他花销。记得他做过几件很带点浪漫色彩的绸料衣服，除一件作翡翠色，其余一律雪白，轻飘飘亮闪闪，每穿起这类夏装，大约他总有点鹤立鸡群的感觉的。

阿和无疑是一个使人快活的人。他的口才好，善说书；嗓子又好，能唱各种各样的戏文和歌曲。他住村南，与村北绰号"半仙"的大叔，堪称乡中的"双璧"。

论智慧，他不如"半仙"，不会编造故事和山歌，但显然具有另外一种天赋。他念书不多，说书时喜欢掉点书袋，借以证实腹中还是有点经纶的，倒是往往把一些很常见的字眼儿给念错，像"月明如昼(晝)"被念成"月明如画(畫)"就是。所幸村人并不如文人那样惯于咬文嚼字，即使个别念过私塾的"老资格"，知道他错了也不加点破，只一味追逐着他的故事，更不用说周围的一大群文盲哥儿了。他讲说的是有数的几部，其中以《粉妆楼》最"卖座"，相当一批听客是听了不下数十遍的。每当月白风清之夜，村头的大榕树下便成了他的讲坛，男女老少，纷纷入座。那盛况，实在只有大戏班和后来的批判会才可比拟。

阿和唱的粤曲，生旦末丑，兼于一身，唱起来又都夹带着锣鼓梆子，确乎别有风味。记得有三两个深夜，雨潇潇的，他竟唱起乡下女儿家丧母时所唱的哀歌："娘呀！……"那住地离我的屋子很近，如泣如诉的歌声就缘墙而入了。我抛了笔，简直什么事也做不下去，想不到一个无忧无虑的汉子会唱这样的悲歌，至今回忆起来，才知道那是他的真声音。

大约在我的大女儿小红三几岁的时候吧，阿和始来串门，不久便成了我家的常客。

他喜欢孩子，一进门就逗孩子玩，玩起来亲昵地叫"小红红"，比我们多叫了一个字。他可以安安静静地跟孩子待在一起，说故事，唱童谣，堆积木，玩沙子，还会用木头篾片做一些简单而精致的玩具。他常常抱着孩子在村里闲逛，高兴时，就让孩子骑在他的肩膊上；有时还扮起舞狮人的角色，将孩子当成狮头，左右高低地舞将起来。孩子特别喜欢跟他"跑马"。其程式为：大人端坐，合膝，置小孩于膝上，以双手相扶持；然后口里"嘚嘚"作蹄声，应和其节奏，后足跟即可轻重疾徐地起落，一如古人之所谓"踏歌"。跑得快了，孩子颠来颠去，只好一边咯咯咯咯笑着一边央求停鞭；蹄声刚落，却又要催促着上马了。自然也有信马由缰、缓辔而行的时候，到后来，孩子居然也就酣然睡去。他沾满酒渍和烟草气味的怀抱，于是成了摇篮。

他常到我家来，母亲和姐姐也会领着孩子到他家去，如此往来多了便亲近得如同一家人。冬日早炊，锅盖乍揭，当我们围着满盘热气蒸腾的番薯欢呼时，母亲必定大叫："把阿和吃的留下，勿抓挠破了！"

阿和是典型的"两天打鱼，三日晒网"，与其说是懒散，不如说"知足常乐"更为合适些。因此，即使在晚上，他也是在家的时候居多；只要不喝酒，不说书，饭后必定会踅到我们家来。

我家开饭很迟，往往延至掌灯时分，这样，恰好派得上他这个"保姆"。不过，孩子也不用呼唤，闻声便从饭桌旁边迅速滑落，向他扑去，央求"跑马"……

时间有如流水，逝去的固然渺不可寻，而汹涌前来的又无法逆料，令人抗拒不得。"文化大革命"来了。一夜之间，父亲成了"现行反革命"。在斗争大会上，第一个站出来揭发批判的不是别人，正是阿和！

全家猝不及防，村里人也都十分意外，暗地里纷纷议论说：阿和的良心哪一天被狗叼走了？

快二十年过去，世界也不知经过几番组合，而人与人之间的裂隙却是如此的难以弥缝！当时工作队到底在背后做了些什么？阿和是主动请缨呢还是被逼上阵？我始终弄不清楚。可悲的是，许多可能的对话机会，双方都给同时错过了！

此后，阿和还曾认真地惩罚过我们两回。只是至今怀疑，他是否也可能出于一种变态的赎罪心理？倘使我父亲无罪，在父老兄弟面前，他将永远无法清洗陷害无辜的劣迹。恰恰，父亲不多不少只坐过两回班房，而且捉捉放放，居然也平安无事。这对阿和说来，着实是很不幸的。

由于偶然的机会，我像一颗螺丝钉那样被旋上了大队"赤脚医生"的位置。一旦地位变了，人际关系也就随之改观。从此，每同阿和"狭路相逢"，他都垂首而过，不复有先前那种恶狠狠的目光。及至后来我到了省城工作，偶尔返乡遇见，他便会怯怯地叫一声我的小名。《阿Q正传》写道：当阿Q从城里厮混一阵以后返回未庄，平日欺负他的一群都敬畏起他来，甚至连赵太爷看见了也得赶紧凑上前去叫一声"老Q"。这使我心里深深地起了一种悲哀。

正当中国作家群起写作"访富"主题的时候，便听到说阿和从信用社辗转贷了几千元，在海陬垒了两个大鱼塘。接着，他把铺盖也搬了出去，用茅草在塘前盖起一座"镇海楼"。在"楼"四周，主人种上亭亭的香蕉和木瓜树，还用木桩和尼龙网圈出一个很大的鸡场，大有江山永固之概。据说还种过两瓦盆花，只是不知道有没有开过。

清清水塘，曾经托起过多少回星月、云霓、美丽的梦想？一年过去，可怜竟连一尾鱼也没有！原来堵堤未久的盐碱地是不宜于淡水养殖的。不过，过了两天，村人们又看见他一个人在日夜做着引灌工作了！

命运，真是残酷到了极点。当鱼儿才在塘里漾起一个又一

个可惊喜的细浪时，一次山洪暴发，顷刻间便把鱼塘冲出几道大口子！那结局，当然比桑提亚哥要悲惨得多，他连一根鱼骨头也没有捞到。

接着，他病倒了。

消息是回乡过年时村人告诉我的。人，难道真的如哲人所说，其脆弱竟如同一根芦苇？我决计到阿和的"镇海楼"走走。

风瑟瑟吹着，天色很阴晦，像是夜晚将临的时刻。茅棚孤悬在堤岸。木瓜树不见了。香蕉树已经枯焦，曾经肥大的叶子奄拉下来。原来的木桩只剩下两三根，有一只乌黑的竹篓和一段破网绳挂在上面，随风轻轻曳动。空旷里，没有一只鸡出来啄食。周围一片死静。

我走近门前，柴扉半掩。看得见里面的床铺，没有帐子。除夕的爆竹还未响起来呢，他就早早睡了。"谁呀？"他微微探首出来，随即唤了一声我的小名，显然早已辨出我的声音。

"听说你病了？"

"病了。"

"什么病？"

"医生说是肝病。"

"没住院么？"

"哪里赔得起呀，下锅的米都没有呢。"接着告诉我说，他曾经到医院里看过一次，一次就得花去十多元；以后只好延请村里的巫医，给拾掇些草药煎水吃。

"我想，可以向政府要点救济款的。"

"区里是照顾过一回，够买两个礼拜的药。"

"你看是不是需要什么人照顾一下？"

"不用了。"他的声音很低。

我站在屋外。他躺在屋里。中间是沉默和门。

我掏了十块钱放在那熟悉的小方桌上，说："明天是大年初一，这点你拿着买一顿肉吧。"说完，赶紧逃了出去。阿和好像还在背后说了一句什么的，只是我一点也没听见。

清明节那天，阿和死了。从春节到清明，够不上一个完整的春天。

他死时，被安置到一块上无片瓦的空屋地里。据说那原是厅堂，由祖先遗下来专供红白大事使用的。没有任何丧仪。连哭声也没有。是他的一个早年流落他乡的穷大哥闻讯赶来收拾他的，像收拾一件轻便家具。当时，正值我返乡给父亲扫墓。然而，无论说还是做，对于阿和，都已经无济于事了。

据说他病时要卖掉原来的小屋，不知在世时是否已经易主？以凉荫为他提供讲坛的那棵大榕树，由于虫蛀和雷殛，是彻彻底底地坍倒了。海边那鱼塘，自然不会有人重垒；至于茅棚，却不知被拆掉没有？抑或依然孤独地站在那里，日夜听寒潮的呜咽，风的萧萧？

柳 眉

　　柳眉是关村一家大地主的女儿，后来嫁到山外东陈家，也是地主。土改一来，她便成了地主分子。大家管她叫"地主婆"，虽然那时她很年轻，才二十出头。

　　她的父母很早遭了镇压，公婆也相继死去。土改分田地，挖"浮财"，连她从小戴在脚上的银镯子也被迫脱下来充公，家里一点积蓄也没有。她有两个儿女，丈夫原先在省城读书，这时不得不回乡劳动。可是，夫妇俩都不是那种有能耐的人，全家四口，只能过着半饥半饱的日子。

　　一天，柳眉的丈夫突然失踪。村里人传言纷纷，民兵把柳眉拉到乡政府审问，也问不出一个究竟。直到十多年过后，全国"横扫一切牛鬼蛇神"，她丈夫才从省城的学校里被清理回来管制劳动。过了两年，他上吊死了。

　　后来所有这些故事都跟柳眉无关。就在她丈夫出走之后不久，她已经把孩子送给别的人家，改嫁到我们村里，做了德全的媳妇了。

德全头一个媳妇在三年前病故，遗下一个五岁的男孩，叫阿布。他无论出工、赶集、走亲戚，都得把阿布带上，有时还用一条破背带很滑稽地绑在背后，像生意人随身带的褡裢。

德全是村里有名的老实人。他大个子，有点驼背，眼睛长年红红的，被烟熏过一样。见了人不敢正面看，瞥一眼就迅速地低下头来，很害臊的样子。阿布六岁那年，被村南一个大男孩欺负，用石头砸了眼。德全找家长理论，没有结果。他拿不出钱来送医院，只好自个儿捣些药草给孩子敷伤口。几天过后，阿布的左眼瞎了。这回德全上火了，再次跑到那人家，结结巴巴数说了几句，最后抱走一头刚出窝的猪崽了事。

运动开始时，德全就是"土改根子"。他先是领过两小袋粮食，一件夹袄；后来有人反映说，他们父子俩过冬盖的是装粮食的麻袋，才又分了一床旧棉被子。等到柳眉过门以后，他被认为丧失了阶级立场，被贫协除名，所有的救济钱物自然都不沾边儿了。

柳眉干农活不大熟习，跟说话一样，做事缓慢、迟滞，一个人独处时常常会喃喃自语，有人说她得了痴呆症。村里有女儿嫁到关村去，认识柳眉的都异常惊讶，说她做大姑娘时穿戴整齐，有说有笑，完全不是这样子。

嫁到村里已经多年，柳眉仍然分不清东西南北，常常迷路。

有一年，她给队里放牛，晚上赶牛回栏就曾经两次把牛赶到邻村去。一天，太阳落山许久，德全不见她回家便去寻她。原来牛走失了，剩下她一个人孤零零坐在路旁，手里拿着一根竹棍子，垂着头小声哭泣。

好在德全完全不在乎柳眉是否能干，只要有个女人做伴，管管家就好。他把家里所有的力气活都包揽着干完了，就想看着柳眉跟孩子待在一起。对于管理家事，柳眉说不上精细，也不算杂乱无章，只是很尽心。阿布喜欢缠她，整天跟在她背后跑，像一只小狗。德全也有了闲心思，晚饭后有时也会像别的男人一样，到小店铺里转转。

公社化过后，全村缺粮，柳眉和不少人都得了水肿病。村南有一间小屋子，专门疗治水肿病人的，除了用草药熏蒸，每天还加进一两顿米粥。柳眉是受管制的"四类分子"，所以没有资格进去。德金找大队干部说情，想不到所有的人都铁青着脸，有人还训斥他。

他暗暗发狠，决定去做一件连自己也不敢相信的大事。

春耕前，所有的劳动力都抽调到了水利工地，吃住都在工地上，叫"大会战"。收工时已是深夜，德全等众人睡定，摸黑溜出窝棚，到薯田一气挖了半垄番薯，藏好之后，再回到棚里睡下。可是，他出去的时间太长，引起邻人的注意，第二天清早就向水利指挥部报告去了。

　　不用审问，老实人把偷薯的动机和经过倒豆子一般全倒了出来。这样一来，柳眉被当成了破坏集体生产的教唆犯。晚上，工地立即召开斗争大会，一根线拴住两只蚂蚱，德全夫妻俩被斗得死去活来。

　　为了省出口粮给柳眉和孩子，德全吃得很少。每天放工后，他便带了铁锄和砍刀上山，寻找野葛、土茯苓之类给柳眉充饥，还采了治水肿的药草。

　　过了一年，柳眉的水肿病好了，德全却饿死了。

　　我家面临大路，村南村北的人都从门前经过，因此我很早就认得这个叫柳眉的女人。

　　柳眉长相很特别，栗色头发，眼睛近于锡制的，灰灰的没有神采。高鼻梁，高颧骨，脸上的肌肉刀削一般直。她经常包扎头巾，脸色苍白，有一种近于病态的妩媚。

　　结果，她把立庆公给迷住了。

　　立庆公辈分大，年纪也比柳眉大许多。他原来是船厂工人，退休后和小儿子一同居住。在村里，他到处游荡，逢人说些城镇和港口的见闻，博取大家的尊敬。大儿子在农场做一个小组长，他便吹嘘说是党委书记，成天有人伺候，权力大得很。据说他年轻时，喝酒、赌牌、乘艇仔找疍家妹，风流快活。回到村里以后，一样是从前的德性，妇女见到他总是设法避开。有一回，他在供销社买花生下酒，喝醉了，竟然在门前的空地上当众脱裤子，从此名声大坏。

德全去世以后，立庆公对柳眉开始放肆起来。在路上遇见柳眉，他一定凑过脸去搭讪几句，后来学会纠缠，甚至动手动脚。柳眉自知惹不起，只好逃一般跑掉。

近午，立庆公喝了酒，坐在柳眉家门口，等柳眉放工。柳眉回来一看，差点吓坏了。她急急开门进屋，见立庆公跟着进来，不禁失声大喊。这时，门前已经聚集了大群看热闹的人。

恰好阿布放学回家，看到立庆公当众欺负后娘，立刻抄起柳眉来不及搁放的扁担，往他头上劈去。立庆公挨了重重一记，痛得哇哇直叫，慌忙夺门而出。他毕竟上了年纪，脚步踉跄，加上阿布从背后又捅了一下，随即跌倒在地。

柳眉不敢往外看，双手扶定廊柱，全身瑟瑟发抖。

立庆公一时起不来，顺势赖在地上，仰头叫道："柳眉呀——唉唉！……"

众人轰地大笑，有人乘兴拍起掌来。

从此，村里的孩子老远看见柳眉，就会学了立庆公的腔调，齐声嚷道："柳眉呀——唉唉！柳眉呀——唉唉！……"

"学大寨"时候，我和阿布被调派到桥梁工地挑石头。那时，阿布已经同一个越南籍聋哑女子结了婚，并且有了两个孩子。我们一起聊家常时，说到柳眉，他叹息着对我说，如果不是后娘给张罗，他不会要这个女子，至今很可能打光棍。老婆不会说话，也不会做事，有了孩子，还得靠后娘拖带。说到后来，这个汉子的眼眶红了。

到了20世纪80年代，所有地富分子的帽子一风吹，再也不受管制。这时，柳眉先前送人的儿子开车前来寻人了。母子相见之后，柳眉把阿布和他老婆孩子全叫了来，整整齐齐排到一起，让儿子认这个穷兄弟。她儿子在县城开了一家饼干厂，生活富足，希望接她到城里居住，享几年清福。柳眉没有答应，要留在村里照顾阿布。最后，她让儿子答应带上阿布的大儿子到厂里做工，说是免得在村里糟践了。

村里人都说柳眉不该放着城里的洋面包不吃，吃乡下的番薯芋艿；最不可思议的是不跟离散多年的亲生儿子在一起，倒甘愿和人家的孩子过日子。于是，人们坐实了柳眉是木头脑子，离痴呆不会太远。

许多年以后，我从省城回到村里，偶尔遇见柳眉。这时，她的头发全白了。问起阿布，她很高兴，告诉我家里盖了新房子；又说，阿布很少时候在家，孙子在城里赚了钱，给他买了一大群牛，天天到山里去。

她大约话说快了，有点口吃。我望着她布满皱纹的脸，向她提起进城的事，笑道："你城里的孩子想你了。"

"想也没用，"她笑了笑，说，"我命贱，走不了。"

接着，她叹口气，正色道："你该知道阿布的牛脾气，经常打骂哑妹，下手狠是出了名的，有几次打得哑妹尿裤子。阿布他依仗什么？又瞎又穷，也不拿镜子照照自己！哑妹每次挨了打，就对我嗷嗷大哭。我也是没爹没娘的人，看着可怜。要不是我护着，人家早就跟人跑了，这几年村里的越南妹快跑光啦。"

"你对阿布真好。"

"说什么好。"她顿了一下，好一会才讷讷地说，"德全就这么一根独苗，没个人照看，就蔫了。"

2019年清明

歌唱家

路过县城，趁闲空到街上走走，耳边突然响起一个熟悉的银铃似的声音。我停下来，看见店铺前沿一溜儿摆放着五六条水果担子，这时，女贩子正同一对夫妇模样的顾客论价钱。走近一看，她不就是美芬吗？

我上前唤了她的小名。

她见到我很高兴，用辈分称呼我，草草卖了水果，便跟我站在街边聊了起来。

她嫁到城里已经好几年，有了一个孩子。丈夫原本在一家国营五金工厂里干活，现今厂子被人承包，成了下岗工人。她说，家里资本不够，丈夫正在拉朋友做小刀生意，干回老本行。而她自己没文化，也没技术，只好卖卖水果，总比闲在家里要好。

"还唱歌吗？"我笑着问她。

"唱。"她脸红了，说，"一个人唱，偷偷唱。在这里，从来不敢大声唱歌，除非晚上跟朋友一起卡拉OK去。不过这种机会很少，几年加起来才三五次。"

也许，她像我一样，同时想起她在乡下生活时唱歌的故事，不禁相视而笑，笑着笑着，我们都大声笑了出来。

美芬家和我家同在一条巷子里。我毕业回乡时，她刚刚念小学，每天挎着一只绿色小书包从我家门前经过。那时，她留着两根小辫子，圆嘟嘟的脸，白白净净，很斯文的样子。但是，平日见到她总是蹦蹦跳跳的，特别爱唱歌，走到哪里歌声跟到哪里。多年以后，虽然留起了短发，但还是从前那副天真的模样。

美芬有两个哥哥、一个姐姐，念书时，哥哥姐姐们已经参加队里的劳动。由于劳力多，全家数她最小，母亲虽然严厉，毕竟疼爱她，因此从小就不用怎样干活。小学毕业考不上中学，她留在家里只顾给哥哥看孩子，无忧无虑地天天唱歌。

大家都说美芬的嗓音好，说话跟唱歌一样。她的嗓音真的很奇特，明亮，清澈，像打击银器时发出的脆响。她是学校合唱队队长，在全区三十多所小学的歌咏大赛中，得过第二名。校长说第一名是镇中心小学的，家长是教办主任，意思是留了后门，不然，美芬准可以拿冠军。美芬记得校长当众夸她的话："美芬是歌唱家的料。"她不完全明白歌唱家的概念，但是知道那是靠歌唱吃饭的人。

听上头说，建设社会主义新农村，村村得有文化站。团支书马上动员了一帮青年，从遗留的公社食堂那里清理出一个大房间，弄来一批桌椅、凳子，再买几把秦琴、二胡，便把牌子挂起来。每天晚上，请个别团员教唱歌，还请了20世纪50年代俱乐部里的一位老戏骨教唱粤曲。这些歌曲，用毛笔抄写在白报纸上，整张整张地挂了满墙。

老戏骨名叫进潮，地主的儿子。这类出身的人，没有不夹着尾巴做人的，他却是一副无所谓的态度。家里有一个老母亲，后来死掉了，乐得做单身汉。饮酒、玩牌、唱曲，放浪得很，结果被人设了圈套，判了七年徒刑。他在省里有名的大茶场服刑，出狱时，恰好大队兴建茶场，用得上他的技术，于是转身成了大师傅。

在文化站里，美芬是最积极的一个。晚饭后，她一定最先到场，青年人只要听到她的歌声，就知道文化站的大门开了。她渴望歌唱，可是不懂乐理，简谱唱不下来，只能鹦鹉学舌地跟别人唱。教唱的歌曲很有限，一个月才两三首，她不满足，便又开始学唱戏。青少年中，像她这样热心学戏的很少。

进潮过日子马虎潦草，教习制茶和唱戏倒很认真。他见美芬好学，唱功之外，特别教了走台步，扬水袖，演戏的各种招式。美芬也是一个用心的学生，买了几个作业本，用钉书机订成一册，工工整整地抄下《梁山伯与祝英台》《柳毅传书》《搜书院》等许多唱段，还在字里行间画下各种各样奇怪的符号。

一天晌午,进潮饭后趁了酒兴,一个人在家里大唱《楼台会》,一会儿男声,一会儿女声。他家和美芬家相距不远,离奇的对唱越过美芬家的矮墙,使小姑娘听了再也坐不住。她找来所有的玩具堆放在小孩身边,安顿完后,立刻跑到进潮家去。

进潮家的大门虚掩着,她推门进屋,看见进潮在院子里一边唱着,一边走来走去,手舞足蹈。她叫了一声,进潮从虚拟的情境中回过神来,见到美芬,说祝英台来了,即刻邀她一起演唱。

美芬的声音亮极了,很远的地方都能听到,不多久,屋子里便挤满了人。

相会中,梁山伯悲痛欲绝,祝英台上前搀扶他。美芬唱道:

勿你相公变成咁样?
勿你相公不咁凄呀凉!
见你眼儿紧闭口微张……

这时,但见众人纷纷让开,美芬的母亲闯了进来,大声喝道:"哪个相公? 醉鬼! 死人! "她啐了一口,不同进潮计较,只拽着美芬的胳膊往外拖,恶狠狠骂道:"你这个小妖精! 小贱妇! 看老娘今日不打死你……"

回到家里,美芬果真被结结实实地揍了一顿。据说她扛不住,中途钻入大木床底下,半天不敢出来。

一年一年过去，美芬很快十七岁了。

美芬母亲在农妇中间，少有的能说会道，精明干练。她几年前将大女儿嫁到镇上，恐怕暗中早已盘算把小女儿同样送到那里，因此长大以后，仍然让美芬闲着，免得庄稼活把皮肉磨糙了。美芬守着哥哥的孩子，和一群猪鸡猫狗，依旧一天天唱歌。

村北有一个青年超华，人长得高大、英俊，走路时昂昂然，从来不看别人，很自信的样子。高考两次落榜，他满不在乎，说："怕什么！再考呗！"那时，村里的高中生极少，一般人家供不起，要是考不上，就像犯了罪一样，赶紧下地干活，或者到外地找活干，不会在家里待着。像超华一样返校读补习的事，他们连想都不敢想。

超华是矿区干部的儿子，母亲是小学教师，兄弟三人，排行老大，可从来不用干活。在校时做文娱委员，喜欢画画唱歌，文化课跟不上。落榜之后，在同学的撺掇下，决计报考音乐学院。

美芬隐约听说超华在家练习音乐课，便找机会前去拜师。做歌唱家的梦想藏在小小的心灵里，不时撩拨着她，使她感到怅惘。就像在院子里放风筝，纸糊的彩翼只能在屋檐上下浮动；虽然向往远天，可是没有风，也没有旷野，没有自由跑动的地方。她一直耽留在院子里。她不曾见过音乐大厅，没有聆听过大师，哪怕是一位歌星的演唱。她什么也不懂，一位中学生就叫她崇拜得要命，几次想去敲超华家的门，结果都退了回来。

终于有一天，美芬成了超华的学生。超华对女孩子特别慷慨。

他教她唱歌，学习简谱，还送她一个塑料日记本，在那上面抄了几首新歌。她从前只用过作业本，当她的手指触到绿莹莹的封面时，自然有说不出的欣喜。去超华家，从村南到村北，要穿过许多条巷子，她只要有空，就来来回回地走。村里没有一个女孩子，像她这样大白天找男孩子的，流言传了开来。

不过，他们的交往很快被一次出轨的举动打断了。

某天，超华提议和美芬一起到野外练声，"吊嗓子"。这个主意肯定是超华出的，美芬没有这种学问。

他们相约天明出发，地点就选在牛头山。于是，奇特的一幕出现了：浓雾包围了整个山头，前后看不见人，只听得一男一女的拉长了的声音，像应答，又不像应答，只是一个劲儿啊啊噢噢地喊。他们喊了老半天，太阳还没出来呢。

只消一个早晨，他们的练声实验，便被人们当作一个荒唐的事件传遍了全村。妇女们七嘴八舌地对美芬母亲说：

"你家阿美大清早干什么去了？满山坡叫，十里开外都听得见。唉哟，我以为哪个在叫魂呢！吓死我了！"

"发疯了不是！神经要不犯病，天未亮跑到山上喊什么啊？"

"孩子大了，得小心啦！"

"赶快找个人家吧！千万别出状况，要出状况就迟了！"

……

火气上头，想不到超华的母亲也找上门来。她很礼貌，话说得得体,骨子里头净瞧不起人。她让美芬以后不要再到她家去,理由是,她家超华要高考。

美芬母亲找来美芬臭骂了一顿,然后下令说:明日起到镇上给大姐看家抱孩子去! 滚开点! 别在村里丢人现眼!

美芬在她大姐家住不到两年,从此离开了小镇。根究起来,到底还是因为她太贪恋唱歌的缘故。

大姐家隔壁住着母子俩,小伙子名叫苏力,从小得小儿麻痹症,一条腿萎软无力,出街办事得开"铃木"出去。刚上初中,父亲病故,生活全靠母亲一个人卖面食维持。他可怜母亲,没有毕业就帮忙干活了。幸好他聪明,喜欢玩弄电器,没出几年开了一家修理家电的店铺。店子生意好,他又不愿请人,一天到晚颠来颠去地忙个不停。

苏力还有一个爱好,就是听音乐。开始时,他买了一部日产的录音机,一大堆盒带,流行曲;后来和镇上的几个音乐发烧友来往,迷上了音响,挣了钱便买音箱、唱碟,音乐也渐渐地由声乐升格为器乐,听的是大型音诗了。

白天,店里播放的是国内歌星的演唱,也许是取悦顾客的缘故;晚间歇业以后,完全换成世界级大师的作品。美芬没有倾听交响乐的耳朵,因此,她喜欢的是白天的小店,可以从中听到许多熟悉和不熟悉的声音。

歌曲每天反复播放,美芬默默地记住了每首歌的旋律,可是歌词听不懂，也记不全。她说不准普通话，又没有文字可以参照，不知道歌曲的名字，所有歌曲，只好以头一句命名，而且说不上演唱者的名字。她牢牢地记住了一个女声，唱过"小城故事多"，还唱过许多别的歌曲；只要经她演唱，歌声就像故乡那弯弯的小河，让她感到温柔亲切。她想寻找这个人，这个声音；她需要有一个歌本对照着唱，像超华送给她的本子那样。

美芬在镇上住了半年多，只跟苏力打过多次招呼，从来不曾交谈过。想到向苏力讨借唱歌的底本，她犹豫了许久，才忐忑地踏进邻居的大门。

她想象不到，苏力和他母亲热情地接待了她。苏力告诉她，他没有歌本，但是有一个方法可以代替，就是听录音机。每个带子都附有歌词，可以一边听，一边对照练习。他让美芬走的时候把他家的录音机也带走，怕美芬心生疑虑，又补充说，录音机买了几年，现在有了音响，已经很少用了。如此隆重的见面礼吓坏了美芬，她连连表示不能接受。苏力很和善，又幽默，耐心地说服了她。

当美芬答应下来以后，苏力接着教会她如何摆弄机子，搬出几十盒录音带，特别介绍了美芬喜欢的邓丽君，还有台湾校园歌曲，和一些电影歌曲。他用袋子把机子和带子分别装好，然后一瘸一拐地送美芬出门。

美芬的姐姐见美芬一下子把邻家的机器抱了回来，不免感到惊诧。录音机毕竟是新鲜玩意儿，而音乐又是无人可以抗拒的美妙无比的东西，她便没有说什么教训的话。在美芬平日把机子打开以后，她有时会凑近听一会，兴致来时也会动手换个带子。

录音机驱除了美芬的寂寞。她每天听歌，唱歌，模仿邓丽君和其他女星的歌唱。她把自己的歌声也录了下来，一遍遍地播放。当她聆听着的时候，心里就会生出一种莫名的兴奋，有着放声歌唱的冲动。她很想找到别个倾听者，倾听她唱歌，倾听她听歌或者唱歌的感受。晚饭后，她也会到苏力家里去，和苏力一起听歌；听苏力讲一些音乐知识、歌唱家的故事；有时也会离题说些别的，譬如童年、家乡或镇上的见闻，后来又多了一些简直没有内容的话。

姐姐发现，美芬找苏力的次数逐渐多了起来。

一天清晨，美芬第一次穿上连衣裙，漂亮得直晃眼。姐姐见了大惊："你买的？"

"我买的。"

"多少钱？"

美芬支吾着答不上来。

姐姐反问道："你哪里来的钱？说说看，不许骗我！"

美芬只好如实说，裙子是苏力送的，苏力进城办货，偶尔见到，喜欢就买下了。

美芬的心思，姐姐完全明白。但是，她决不能让妹妹跟一个残疾人过一辈子，那样多不体面！母亲来到以后，她禀告了连衣裙的事。要是往日，母亲一定要兴师问罪的了，此时却是不动声色，格外宽容。母亲嘱咐她，让她找城里的亲戚，早日给美芬找个对象嫁出去。

美芬从来不敢违抗母亲，即便所谓"终身大事"也是如此。当看过对象，关系确定下来之后，她便把录音机还给苏力，向他辞别。这时，双方没有什么言语，一切变得可以理解。在美芬离开镇子那天，苏力特意买了一部小小的收录两用机，作为礼物送给她。小机子轻巧，可以随身带着，随时收听喜欢的歌儿。

姐姐想不到，美芬这次竟然哭得一塌糊涂。

离家三十年，仅和美芬见过一面；当年巷中的一批小姑娘长大出嫁以后，连一次也没见过。

据信，四人已经去世，其中两人是死于自杀的；还有一人嫁给小包工头，成了阔太太。至于美芬，后来不再卖水果，改卖时装了。她在青云街租了一个小摊位，挂一只小收录机，整天咿咿呀呀地唱。大型超市卖东西才放音乐，摊档没有这个习惯，一条红红绿绿的时装街，只有美芬这个档口有歌声飘出来。

那天在街边遇见美芬，耳边响着一丝丝音乐之声。说话间不大在意，乐声很可能不是来自身后的店铺，而是旁边的水果担子。我想，美芬的担子一定挂着那个小匣子。她离不开那个小匣子。

2019年11月6日

凤 娟

1

凤娟的丈夫叫阿嘉,我从小叫她嘉嫂。凤娟家和我家同一条巷子,相隔几座房子,几乎天天见面。

凤娟是下村佃农的女儿,从小卖给一家大户当婢女,土改时回到家里,经舅母撺掇,十七岁不到就成了婚。阿嘉也是穷苦人家出身,母亲很早守寡,好不容易才把他和阿简兄弟两人拉扯大。结婚不久分家,凤娟和丈夫搬出大屋,到柴草间居住。

这时,恰好发生朝鲜战事。乡政府的墙壁上,紧挨着"打倒地主阶级"一行大字,又刷上了一条醒目的标语:"抗美援朝,保家卫国"。阿嘉从来是一个不安分的人,用不着动员,便头一个报名参加志愿军去了。

当兵是一件很风光的事。阿嘉复员当天,村小学几百名师生夹道迎接他。大同学扛着红旗和各色彩旗,吹起洋号,打起洋鼓，咚咚锵咚咚，闹翻了半个村子。阿嘉穿着军装，戴着大红花，挺英武的，被大家簇拥着走。我刚上小学，头一次遇见这样的大场面，兴奋得不行，跟着哥哥姐姐们瞎跑，一直跑到阿嘉家门口。

凤娟迎了出来，女生立刻将她围住，把另一朵早已准备好的大红花，别在她的胸前。她笑了。那笑容，就像大红花一样灿烂。

2

可是没几天，战事就在他们中间发生了。

战争起因不明，我年纪小，不管大人的事，后来也不曾根究。战争的场面是目睹了的，可以用酷烈来形容。开始时，两人大抵恶语相向，很快就演变成全武行。

凤娟比阿嘉高出一个头，身体壮硕，有一对大奶子。当时的妇女兴短发，她仍旧挽着发髻，向后梳理整齐，露出光洁的前额；也不穿流行的士林蓝，或"苏联花布"，终年穿的都是黑衣裳，肌肤白皙，一副贵气的样子。大家都说夫妻两个不般配，却不知干起仗来，正好旗鼓相当。阿嘉固然生性蛮野，而凤娟在卑贱中长大，说起粗脏话来像泼水一样，一点也不脸红。而且，只要阿嘉出手，她一定不甘示弱，死缠烂打，不依不饶。

他们住的房子太小，又没有窗户，床铺、柴草、炉灶挨到一起，战争一旦激烈起来，免不了转移到屋外。要是在巷道里开打，周围几条巷子的人都会闻声前来观战。众人中，自然也有劝架的，但是没有用，除非阿嘉的母亲在现场露面。大娘一来，不问情由，肯定护着媳妇，毒骂她儿子。有一次，凤娟被砸破了头，鲜血直流，正是大娘搀扶着去卫生站。经过我家门口，仍然听到她在使劲地骂阿嘉。

战争是一回事，生产是另一回事。两口子一面打闹，一面不断地生孩子：一个，两个，三个，居然有了三个。简直不可思议。在乡下，生了女孩是被人瞧不起的，何况三个全是女孩！然而，凤娟并不在意，最奇怪是阿嘉也抱同样的态度。

阿嘉喜欢只身在外，很少在家待着，连女人生产的事也不管。但是，他喜欢孩子，从来不打骂她们。要是从外地归来，必定给她们带上新鲜的玩意儿和好吃的东西。他得知大女儿要结婚，竟然弄了一大笔钱，亲自操办全村最排场的嫁妆，使所有的女孩子羡慕得要死。

就在头一个外孙出生的当儿，阿嘉因为盗窃，在城里被捕了，很快判了五年徒刑。

接到通知，凤娟放声哭了一场。哭声很哀切，我在家里也能听到。第二天清早，她到乡政府写了探监证明，即刻上路去了。

3

阿嘉服刑期间，凤娟起早摸黑，省吃俭用，每月寄钱寄物，还不时去信。男人们都夸赞凤娟，说该死的阿嘉不识货；女人们则为凤娟鸣不平，说阿嘉在外又偷又抢，怎么不见他老婆穿金戴银，他的钱哪里去了？

这些议论，凤娟听到听不到没关系，反正她在人前不说阿嘉，也不说自己。日子就像从前一样，该怎么过，就怎么过。

但是，不同的是，这中间多出了一个家荣。

家荣是生产队里识字最多的人。为人和善，实诚，肯帮别人忙。凤娟要写信，找家荣是最合适不过的了。

家荣三十多岁，比凤娟小三四岁。他很小死了父亲，孤儿寡母，不雇上一两个劳力田地种不下，却因此被评上富农。在乡下，只要沾上地主富农的边儿，就相当于麻风病人，没有人见了不退避的。家荣早已过了当婚的年龄，就因为这成分，一直和母亲相依为命，没有人上门提亲。

家荣的母亲是一个瘦小的女人，终日阴沉沉的，脸上从来没有过笑容。她不跟任何人来往，春节舞狮，庙会做戏，一样见不到她。她爱家荣，所有的心血钱物都花在家荣身上。家荣还有一个嫁出去的姐姐，家境大约还好，对他家有所接济。所以，家荣能够一直念完小学，还念过私立中学和农业中学。比起许多无法上学和中途辍学的乡下孩子，他算是优越的了。

在学校，家荣是一个守规矩的学生。人很活跃，但不是淘气的那种，没有谁歧视他，欺负他，也没有特别要好的伙伴。他常常和老师们一起说笑，晚上游泳也在一起。那时，他已经能像老师一样使用香皂了。游泳时，河面上白花花漂着他们散落的香皂泡沫，那香气太诱人，弄得我们这些低班的孩子纷纷抢捞，然后跑上河岸擦身子，再扑通扑通跳下水。

家荣很爱整洁。在生产队干活的时候，他不像其他农民那样用水布遮挡下身，穿的是西装短裤，还特意把裤脚折起，整整齐齐露出一道边儿。劳动过后，一定换上干净的衣服，决不让泥巴沾带在身上。于是，供销社里的闲人就给他起了一个雅号，叫"斯文组长"。

读书时，家荣已经开始买连环画，所谓"小人书"。小学生买得起小人书的不多，收藏的更少。我也买了好些小人书，和家荣交换着看，发现他有成套的《红楼梦》，还有《春香传》《西厢记》《卖油郎独占花魁》之类，都是大人看的东西。他还喜欢唱歌，拉幽怨的二胡。那时，男生很少唱歌的，他不但唱，还把喜爱的歌曲抄在本子上。记得他经常唱的有《红莓花儿开》《天涯歌女》《九九艳阳天》，好像都有姑娘在里面。

他还喜欢玩牌，但是从来不赌博。扑克有多种玩法，他都熟习，只是"斗地主"是不玩的。打牌时，只要准备孤注一掷，他就会把纸牌搓成漂亮的扇形，往桌上用力一拍，大叫道："老子不爱江山爱美人！"

论成绩，家荣在班上是拔尖儿的，作文好，算术好，还打得一手好算盘。可是，在生产队里，他不是会计员，也不是出纳员，不可能有人使用他。而今，凤娟找上他，总算给了他一个用武之地。

半年之后，起了一个可怕的流言：凤娟和家荣好上了！

4

起初，凤娟需要写信时才找家荣，后来不是写信的时候也找家荣。凤娟帮忙家荣料理自留地，点豆、种瓜、除草、杀虫、培土、搭架，直至收获，样样插手。她自己的自留地，过去用犁，必定叫上小叔子，现今也由家荣代替了。她和家荣常常一起赶集，在生产队出工时，也喜欢走在一起，说说笑笑，非常快乐。

这样的亲密关系，不问而知，必将引起村人的不安、不满，甚至嫉恨。但是，他们似乎没有半点察觉。也许，在他们看来，他们没有妨碍任何人，事情本身并没有什么不正当的地方。

有意思的是，阿嘉的母亲并不阻止凤娟和家荣来往，他弟弟也不提防家荣，同往常一样和家荣玩牌。凤娟照样孝敬婆婆，善待小叔子，照例给阿嘉去信，寄钱寄物，有时托家荣代办，或者两个人一起去邮局。

男人中从此再没有同情凤娟的人，背地里骂她坏女人、潘金莲、狐狸精、骚货，连妇女们也这样。后来，众人的指责竟又转移到了阿嘉的家人身上，说老太婆瞎了眼，连看门也不行，比不上一条老狗；说到小叔子，都说是糊涂虫，给家荣当跟班的。

舆论一致认为：事情必定没有好结局。阿嘉不是好惹的，走着瞧吧！

5

一天，阿嘉突然出现在众人面前。他被提前释放的消息，成了村子的头条新闻，大家议论纷纷，等着好戏开场。

然而，一连两个月过去，一点动静也没有。

人们这才发现，阿嘉已经变成另一个人。他很少说话，说话也不像从前一样满口脏话，人变得随和许多，也深沉许多。在生产队里，他几乎天天出勤，这在过去是根本不可能发生的事。在家时，他仍旧不做家务，但是不跟凤娟吵闹，气氛相对和平。

最不可思议的是，凤娟和家荣在他眼皮底下来来往往，他竟然无动于衷。这种态度，使一大群等着看戏的人大失所望。

是一个没有星月的夜晚，阿嘉突然行动了。

晚饭后，他发觉凤娟把碗筷搁在一旁，不像往常一样擦洗干净，就拿了一个手电出门。这时，太阳还没下山呢。他起了怀疑，尾随在凤娟后面，只见她一直往家荣家里走。他到供销社转了一圈，又到阿德的小铺子待了许久，回到家里已是夜深。灯亮着，九岁的小女儿在床上已经睡熟，就是不见凤娟。他坐不住了，立刻去找生产队长。

生产队队长听了，自觉捉奸这事情做不了主，便同阿嘉一起找治保主任。治保主任叫来两个民兵，挎了步枪，一行五人奇袭般直奔家荣家。

撬开大门，大家顿时呆住了。

家荣母子和凤娟分三面围着小方桌。乌黑的小方桌上，摆放着一盏煤油灯、一盏马灯、三只盛满豆子的簸箕。

"你们在干什么？"治保主任故意大声发问。

"前段队里工作忙，不好请假种豆子，节令有点晚了。"家荣小心回答说，"适好明天放假，便临时把凤娟找过来帮忙拣豆种。"

队长说："选种也不用选晚上嘛。"

"晚上碍着谁哩？"凤娟反问道。

队长一时语塞。

"阿嘉！原来是你带的人来捉奸，祖宗十八代的脸面被你丢尽了！"凤娟指着阿嘉，说，"你心想老娘偷汉子去了？送给人家睡了？人家连十八岁的黄花闺女上门还不肯要哪！……"

凤娟越说越生气，高声喝道："阿嘉！回家去！站着丢人现眼，去去去！"

阿嘉居然乖乖地走了，队长跟着出了门。"你不用逞强，有你看的！"治保主任冲着凤娟说道，然后领着民兵悻悻地走了。

第二天，阿嘉捉奸的故事传遍全村。大家有了定论：这个退伍兵就是个怕老婆的软蛋，喜欢戴绿帽子。

过了几天，谁也没想到，凤娟在靠近家荣家的菜园子里搭了一个茅草棚，买了床铺铁镬、日常用品，不打不闹，和小女儿一起搬进去住了。

奇怪的是，阿嘉一样不打不闹，悄然离开村子，从此过起了职业流浪者的生涯。

6

阿嘉主动退场，把舞台留给了凤娟，这样，凤娟和家荣往来再也没有了障碍，简直是天经地义的了。

然而不久，村子来了工作队，改写了全部剧本。

"文革"开始以后，各种运动不断。无论打什么旗号，运动一例以"大批判"开路。所谓大批判，首先得找批斗对象，就是说必须把阶级敌人制造出来。运动有一个口号，叫"深挖阶级敌人"。这种候补的敌人，一般不是指地富分子一类"死老虎"，而是隐藏的危险分子。要"挖"，就得从村中的上中农、知识分子或半知识分子、有"历史问题"或是复杂的社会关系的人群中寻找，此外就是"地富子女"。

在运动轮回中，这回家荣被选中了。

一旦选为捕猎对象，有了罪名，便开始搜集证据。这样，工作队就得找相关者，策动、诱骗、恫吓，驱使他们在批斗大会上大显身手。要整家荣，最有利用价值的人，自然要数凤娟。

晚上，工作队队长通知凤娟来到运动指挥部，单刀直入，就要她揭发家荣的"问题"。

"家荣犯事啦？"凤娟问。

"犯事啦。"工作队队长说，"一个富农仔，不好好改造自己，还用各种手段拉拢、腐蚀贫下中农，破坏'文化大革命'。"他说群众对家荣意见很大，纷纷检举揭发，工作队掌握了许多证据。

"他们欺负人！"凤娟大声说。

"你说什么？"

"富农仔也是人，他们就是欺负人！"凤娟振振有词，面上毫无惧色。这个旧社会的乞儿、婢女、文盲，生来撒泼的性格，连军人丈夫都不怕，怕谁呢？

工作队队长大怒，指挥部里的所有队员闻声跑了过来，立刻把凤娟包围在中央，劈头盖脑地批判了一通。

第二天，工作队队长立刻召集党员干部开会。会上，他讲述了凤娟夜闹指挥部的情形，宣布阶级斗争的新动向。接下来，他布置工作，准备召开批斗家荣的大会。

家荣当即逃跑了。

凤娟出身好，"根子"正，到底没有生出什么事端，只是一个平日喜欢大声说笑的人，顿然变得沉默许多。

随着家荣失踪，村中很快就有了关于他和凤娟秘密约会的流言。至于接头地点，有说在县城公园，有说在村外运河边，有说在茶场附近，还说有人看见凤娟给了家荣一大沓票子，看见许多别样的事。

对所有这些，凤娟似乎毫不在意，白天劳作完后，便回到她的小草棚里，不再像往常一样串门儿。

7

时间一长，故事的兴味渐渐变淡，家荣的名字已经很少被人提及。直到村里有人偶尔看见他，消息传开，这才又引起大家的兴趣。然而，这兴趣很快就像泡沫一样散没了。

家荣回家以后，继续过着隐匿的生活。邻居说，他这回得了大病，快要死了。大约是病重的缘故，村里新来的工作队，也便不再找他的麻烦。

一天早上，我碰巧进厕所时遇见他，那形状就像鬼魂一样，着实被吓了一大跳。他披着长发，脸色煞白，瘦得像一把干柴。他睁大了眼睛看我，大约是期待我的反应，我不敢对视，也不知说什么好，立即退出。他在背后把我叫住，哀求般地说道："蹲下来说几句吧！"接着又补充道："我真的有这么可怕吗？"

我不得不找一个逃走的理由，一边捂鼻子，一边说："我到那边去，这厕所太臭了！"

家荣多么渴望阳光，渴望交谈，可是如此微末的要求，对于他竟都变成了稀罕的物事。我的谎话一定骗不了他，遭到我的拒绝，一定使他感到非常痛苦。

又一个早晨。一个赶集的日子。在书店门口，我老远看见家荣的母亲,一个人从医院的方向出来,缓缓地拉着一部手推车,车上盖着一床被子,好像还有一件裹衣和别的杂物,车尾巴露出一条伸直的腿。顿时,我的心狂跳不已:家荣死了!

那天没有看见凤娟。她有没有帮忙料理家荣的后事不知道,我知道的是,家荣去世后,她照旧往家荣家里跑,照旧给家荣家种自留地,替家荣母亲买东西。家荣母亲病了,她找医生,买药,送饭,就像亲人一样。

过了一年光景,家荣母亲被她女儿接走了。人们发现,凤娟变得更加沉寂,不愿同人接谈,更多时间待在自家的小草棚里,像守着一座孤岛。人,也似乎一下子变老了。

8

清明返乡,经常看见凤娟一个人坐在阿德铺子门前的条石上,默默地看人来人往。一次路过,招呼过后,我靠近她的身边坐下,跟她聊了起来。

"嘉嫂,嘉哥呢?好多年不见他啦。"

"死了。"

"怎么可能呢!"我十分讶异。关于阿嘉,村里人只说他失踪,没有别样的消息。说实在话,村里失踪的并不只他一个人。这年头,失踪同吸毒、卖淫、混入黑社会一样,已经不算什么离奇事儿了。

凤娟接着告诉我，去年热天，有人捎话她，说水库旁边的木麻黄树林里有一具骨骸，让她前去辨认，看是不是阿嘉。她寻到指定的地方，一看就认出来了。她说，和骨骸摆放在一起的，是一条军用皮带和一双塑料凉鞋。凉鞋不好说，但对阿嘉的尺码；皮带倒是阿嘉的皮带，退伍以后一直用，断了又续，用了快三十年了。

我看定凤娟，漂亮的发髻几乎全白。她并不看我，只静静地望着西天的远山。这时，太阳快要坠落，余辉映照着她的脸。她眼睛半眯着，泪光闪烁。

2019年6月28日，夜

宗 元

1

乡下人贫穷，闭塞，一生过着庸常的日子。在低矮的屋檐下，很难冒出一个可以称为骄傲的人。

在我们村子，宗元可能是仅有的一个。

宗元身材高大，黄铜色皮肤，肩膀多出两块隆起的肌肉，显得特别健壮。他活到快七十岁，一直留着青年小分头，有一搭头发老是落在前额上，得不时地伸手抹一下，那动作却是出奇地柔缓。小眼睛，大嘴巴，鼻子有点卷曲，末端粗大且向上翘起，下巴突出，像是呼应一般。平时，即使他不把脸仰起来，也是一副不屑的样子。

他在村中没有什么朋友，平时不进闲人馆，也很少去热闹的地方。忙完活，他大抵待在家里不出来。听说他同妻子的感情很好，从来不曾打闹，连拌嘴也没有过，这在乡下很少见。

妻子的名字叫素芳，经人介绍结婚，婚前只上过几个月的扫盲班，没有什么文化，但是治家倒很有办法。她把菜园子围起来做养鸡场，又在家里养了两头母猪，生仔猪卖钱。在我们村里，她第一个用沙虫做饲料，夫妇俩经常到滩涂寻掘；吃了沙虫的仔猪特别壮，刚出窝就被抢购光了。

用官方的话说，这叫家庭副业，大饥荒过后有一段时间是鼓励的。到了"小四清"的时候，兴起一股小旋风，叫"割资本主义尾巴"。所有养作归生产队所有，宗元一度成为批判对象，因为他家的副业收入最可观。

他们前后一共生下四个儿女，家务繁杂，素芳一手料理得井井有条，还把孩子一个个送到镇上念书，让村里人妒羡得要命，毕竟辍学的孩子太多了。所以，有人说，宗元佩服的人只有两个：一个是他自己，再一个就是他老婆。

在众人面前，宗元很少说话，他不是那种夸夸其谈的人。他做旁观者，习惯一边听一边摇头；偶尔发生冲突，则决不会退让，而是咄咄逼人。但是，他从来不纠缠，自觉差不多的时候就用一句话收梢："你懂什么！"然后扬长而去。

他走路的时候，双手会很夸张地左右摆动，双脚似是交叉着朝前走，步子放得很轻，仿佛在跳一种土风舞。当他得意的时候，双手摆动的幅度特别大。

2

"你懂什么！"受到宗元奚落的人并不少，生产队队长阿炳就是其中之一。

阿炳反问他，说："你有什么了不起的？要是有真本事，你会放着广州的'大前门'不抽，偏要吃水烟筒？你就喜欢自家种的烟叶？"

宗元听了，马上拉下脸，不吭声了。

从此，在宗元面前，大家尽量避免提广州、省城，甚至是大城市一类字眼，除非有意刺激他。

土改时，村里有三个初中生。一个家里供给不起，早早退了学，一个中途当兵去了，读到毕业的只有宗元一人。那时百废俱兴，许多工厂、机关、学校要人，不断有招工、招生的消息。据说宗元就因为出身贫苦，又有文化，被乡政府保送到了省水产学校。

毕业后，他留在省城工作，整个村子的人都为他感到荣耀。但不久，他便挑着两大包行李回到老家，不再是"公家人"了。不知道哪个促狭鬼说：宗元一夜回到解放前啦。

宗元为什么被单位撵回来？村里人纷纷猜测，认定是他的秉性惹的祸。

因为一个偶然的机会，我知晓了其中的秘密。

上初中那年，村子发大水，父亲的小诊所坍塌了。一天，我在瓦砾堆旁清理压坏的图书，碰巧宗元的堂弟阿欢路过。他告诉我，他也在家中做同样的工作。宗元的存书全部被水淹没，因为人在外地，只好由他一本本地打开，揩净，晒干。

我很好奇，要求到宗元家看一下，阿欢随即把我带到一个摆满图书的院子。他挑来一把竹椅子，安顿完后，说是有事就走了。

我逐本翻看所有书籍。大部分是小说，现在记得起的有巴金的《家》《春》《秋》《雾》《雨》《电》，外国小说有《牛虻》，高尔基的书，还有《钢铁是怎样炼成的》。印象中，没有水产方面的书，也没有技术类的书。临走时，我借了《钢铁是怎样炼成的》，认识了冬妮亚，而且有点莫名其妙的喜欢。

宗元的日记写在多个硬皮本里，蓝色钢笔字，很少涂改，整齐漂亮。日记不是那种菜单式的简单记录，情节性很强，实在可以当小说来读。那时，我没想到窥探别人隐私，只觉得好看罢了。

日记里写道，他在水产学校毕业后，分配到本校办公室工作。几个月后，组织派他出海，一去便是三几个月。他晕船很厉害，常常呕吐不止，弄到神经衰弱，连夜失眠。其间种种不适，以及精神上的痛苦，日记里有着详细的记述。他向办公室主任提出请求，希望在陆上安排一个工作。主任强调实际锻炼，批评他怕苦怕累，经不起考验。后来，双方争吵起来，都拍了桌子，还找了上级。上级批评他目无领导，不服从组织分配，不同意他的要求。

这时，阿欢回来了，我不再往下看，不过，故事的来龙去脉至此已经很清楚了。

在日记里，我第一次看到"官僚主义"一词，因为重复多遍，所以印象深刻。还有就是问号和惊叹号的并置使用，以及一连使用四个问号、四个惊叹号，都是过去未曾读到的。

日记有彷徨低沉的成分，但大部分行文是激烈的，用过去形容一些不得志的文士的话说，就是"愤世嫉俗"。这是一个不畏权势，在压力面前不轻易低头的人。从他的身上，我看到，文学这东西是致命的。它由来关注心灵，把被侮辱被损害看作莫大的痛苦；总是教人骄傲，远离自卑，甚至不惜拿生命换取做人的尊严。

3

宗元从省城回来的时间，应当在1957年。乡干部说他是不"戴帽"的"右派"，意思是有政治思想问题，可以免于地方管制。

即使是"解甲归田"，宗元并不感到沮丧，还是那种桀骜难驯的脾气。在他结婚之后不久，村里建起公共食堂，每家每户的铁镬充公，集中到一个指定的地方砸碎运走，支援大炼钢铁。宗元完全不加理会，最后，干部上门强制执行。他盛怒之下，差点老拳相向，吓得素芳赶忙抱紧他，连声向干部赔礼。结果，

保住了铁镬，却得罪了干部。连最愚鲁的村人都知道，惹毛了
干部没有好果子吃。可是宗元不知道，恐怕也不想知道。他就
像一个固执的船夫，不管顺风逆风，照样升帆出海。

村人说，别看他架势大，其实掌舵的是素芳，如果没有这
个女人，早就翻船了。

食堂办不到一年，便进入饥馑的年头。上百人分食一锅粥，
如果运气好，再加分几根红薯。这时，水肿病人陆续出现，饥
饿致死的情形时有发生。

"大跃进"的形势不可逆转，当时叫"再跃进"，许多大工
程持续上马。在邻近大队，离我们村子十里开外的地方要建造
一个水库。全公社的男女劳力开赴那里集结，打运动战，称为"水
利大军"。

公社是一个大兵营，仿照军队编制：营、连、排、班。所
有的男人和女人分属不同的团队，住宿安排在连绵数里的大工
棚内。他们排着长队出工，每支队伍都有自己的旗帜，要是在
白天，看得见满地红旗飞舞。工地上的许多用语，都是军事语言，
比如"苦战""抢攻""突击""消灭""誓不收兵"等等。工地
全线统一指挥，起床、吃饭、出工、收工、睡觉，都得听从一
把军号的命令。

宗元所在连队同其他连队一样，天天竞赛，还要评比，无
论先进落后都要"抓典型"。连队有两条规定：挑泥上下坡时，
不能中途歇脚，而且必须喊"加油"等口号。宗元从来不喊口号，

挑泥上坡后，常常坐下来抽烟。他烟瘾很大，自制了一根短小的水烟筒，随身带着；只要抽起烟来，不管谁跟他说话，他一律当没听见。

每次评比，宗元都是"落后分子"。那时，连队天天开会，包括批斗会，批斗对象除了"四类分子"，就是"落后分子"。所有被批斗的人，没有不低头受罚的，只有宗元不肯低头，站在众人中间，一副若无其事的样子。

干部这时把宗元的旧账翻了出来，说他一贯对党不满，不服从领导。于是，"落后分子"一下子变成了"反党分子"。大家跟着起哄，异口同声清算他。

"宗元！承认是不是反党？"

"让他自己说！"

"说！快说！"

在众人的胁迫之下，宗元突然爆发般地大声喊道："你们算什么党？一帮狐群狗党！"

大家顿时惊呆了，谁也想不到他竟敢说出这样的话。

积极分子愤怒至极，一致同意用"炆鹅"惩治他。粤人喜欢食鹅，有一种烹调法是：把鹅剖开，将各种佐料统统塞进腹腔，再用酱油涂遍禽身，然后文火炖煮，是谓炆鹅。从土改到公社化，当地人整人有许多天才发明，"炆鹅"即其中之一：把人推进泥淖里，使遍身沾满泥浆，然后轮番推来推去，再然后拳脚相加，直到爬不起来。

"炆鹅"过后几天，宗元利用废弃的木条和草料，在营房不远处搭起一个小窝棚。他先安顿了自己的行李，然后让素芳也搬进来。

这不是明摆着向集体挑战吗？太胆大妄为了！

干部找宗元训话，限令他一天之内拆除窝棚，并且写好检讨书，交营指挥部张贴；此外，还得准备到各个连队接受巡回批判。

他一一答应。

第二天开工时，发现不见了宗元夫妇。大家拥向他住的草棚，棚内空空荡荡，所有的行李和用具都卷走了。

4

宗元一去就是几年，村里没有他的消息。一来，他的父亲已经过世，他没有了后顾之忧；再者，一旦让民兵知道线索，说不定哪天被塞进收容所，然后再押送回来。后来才得知，他们夫妇逃到粤北山区修公路，每天拉土挑石头。宗元肩上像双峰驼一样的两坨硬肉，就是那段流亡岁月的遗痕。

屈指算来，宗元回到村子，应当在"体制下放"时期。

说到体制下放，老辈人都熟悉这个生硬的政治术语，因为它伴随着村中许多重大的变化，与他们的生存关系甚大。这时，公社和大队支配的权力下放到生产队一级，作为基层单位，生产队开始有权处理生产及分配等问题。公社化后强拆了许多民房，大队将拆迁户安插到周围的村子，名曰"人口密植"。拆下的砖石梁檩用来盖食堂、猪舍、羊场，假如是土墙，则运到田地里当肥料，放"粮食卫星"。这时"反共产风"，许多损失惨重的拆迁户多少得到补偿。宗元有一个房子被拆，正好可以领到一笔赔偿金。

分自留地也是这个时候。土改时，大力宣传"土地还家"，过了两年，土地就归公了。土地是农民的命根子。我有一个叔父，就因为要领一张土地证，连一个小学教师的饭碗也扔掉了。合作化过后，农民一无所有，如今可以重新分得属于自己的土地，特别在大饥荒过后，那种亢奋可以想见。

对宗元来说，漂泊他乡实在出于不得已，只要有机会，终归要回到故土。而今机会来了，他不会有任何犹豫。对他来说，这其中，自留地的分配，很可能是最大的蛊惑。

宗元回村以后，公社不断进行"整改"。有一段时间，过去曾经整过他的干部，反过来遭到大伙的批斗，在"小四清"运动中斗得特别厉害。反复的运动，戏剧性地洗白了宗元的"污点"。凭着天然优越的家庭出身，他当上生产队的会计员，总算有了一个用武之地。

接着，"文化大革命"如山洪暴发。但是，"文革"不但没有对他造成冲击，反而令他利用一时恩赐的"民主"，写了许多大字报，宣泄了积愤，显露了埋没多年的文才。回过头看，恐怕这是他一生中最称意的日子了。

5

"文化大革命"原本是墙内的事,后来波及墙外。在墙外,也大抵限于城市、学校、街道、厂矿、部队,农村引起类似的混乱相对少见。而我们村子,却正好为这场新的运动所搅扰。

我高中毕业回乡,正好赶上"文革"。

工作组派人把我在校时被收缴的册子索要回来,摘抄成几批"反党"材料,加了按语张贴出来。于是,我成了"牛鬼蛇神"。

大白天,全大队停止生产,集中召开群众批斗大会。大会来了上千人,我被几个教师和民兵押送到会场中心。党员、干部、积极分子坐在里面,随时可以上前发言,带头喊"打倒"的口号。

宗元坐在我的正对面。喊口号的时候,他把手臂抬了抬就放下了;嘴唇嗡动了一下,没有发出声音。他时而睁大了眼睛看我,时而皱起眉头,有时低下头去,那标志式的翘而弯曲的鼻子也随之垂了下来。

斗争会持续了两天两夜,到了第三天,镇上中学的红卫兵闻讯前来,一下子把会场给冲掉了。"革命小将"在当时不可一世。他们接着贴出巨幅标语和大字报,扬言"造反有理","工作组滚蛋","反对挑动群众斗群众",还有这个"勒令",那个"勒令"。所有这些,不要说闭塞的乡村,即便在城镇也是闻所未闻的。

过不了几天，工作组果然撤走了。

村里的青年一哄而起，成立了一个叫"八一八"的造反派组织。

总部设在阿德家里，开始时很狂热，村南的青年几乎全数参加进来。他们制作袖章、红旗，还弄来一批领袖纪念章，后来加做了语录牌，用大木架子糊了一幅领袖大画像，开会，游行，走到哪里扛到哪里。晚饭过后，他们聚在一起，讨论、激辩，计划下一步的"革命行动"，直到深夜才散。

运动究竟由我引起，作为一个被解放者，自然被卷进里面。想不到的是，宗元竟也会投入其中。

阿德是我的同龄人，周围的一群都是二十出头的无知青年，有的只是青春期冲动，外加一种原始的正义感；对于伟大领袖，不见得像学校红卫兵一般地崇拜。那时候，宗元已经三十多岁，是三个孩子的父亲了。除了他和邻村的一位领头的"司令"，屋子里再没有中年人。他住村北的一条小巷里，来阿德家得走好长一段路。每天夜晚，他准带了手电前来，下雨天也不缺席；像一个上瘾的赌徒，千方百计寻找赌场一样。

开始时，宗元就要了一个袖章，但是并不像小青年一样经常戴在臂上。他几乎加入每一场讨论，但和平时一样很少发言。他喜欢"造反派"这个名词，可是，在批斗"走资派"的时候，又从来不肯跟随大家喊口号，只在个别时候才站起来慷慨陈词。如果队伍拉到外地，或者镇上，他大抵留守在家，不参加那些带示威性质的活动。他似乎执意和集体行动保持某种距离，至今仍然弄不清楚，他是有所顾忌呢，还是出于个性中固有的矜持，总之和团队融合不到一起。

他在造反派中的作用在于大字报。造反派不能没有大字报。在写大字报的时候，他始终是激情四射的。准确一点说，这是一个活跃在纸上的好斗的人物。

当时宣传说，运动主要整"走资本主义道路的当权派"，似乎特别适合他的胃口。平时，他跟所有大队干部的关系都弄不好。对于干部，他除关注"多吃多占"一类物质性问题之外，特别看重"作风"问题。在他看来，在世间没有什么比倚仗权势、独断专横更可恶的了。虽然他未必深究过自由、平等这些政治学概念，但是作为一个曾经挨过批斗、遭到开除、被迫流亡的人，对于其中的实质性含义，应当是敏感的。看得出来，他的大字报，明显地针对权力和掌握大小权力的人。批判工作组，批判所谓"资反路线"，批判大队和公社干部、"走资派"、"保皇派"、"旧党委"，他都写过大字报，甚至仿照当年中苏论战的"九评"形式，写过长文。他习惯使用流行的"最最最"的叠词叠句，"是可忍，孰不可忍"是他的常用语。在大字报中，他突显了原始造反者所特有的那种"抗上"姿态。

在村子里写大字报的人，"保皇派"有一群教师，造反派只有宗元和我两人。因此，许多青年叫他"写手"。听到大家称赞他的文字如何铿锵有力时，他总是眯起小眼睛，咧嘴笑着，那样子开心得不行。有人说，他好几次赶集，都没有什么买卖，实际上是专程看他写的大字报。他站在专栏面前，等待络绎前来围观的人，独享众多专注的目光，还有赞赏的话语，直到暮晚才迟迟返回村子。

运动开始以后，很快形成对立的两大派，持械武斗，互相搏噬。这时，我急流勇退，当起了"逍遥派"；而宗元，仍然坚持到最后。

到了"斗、批、改"的最后阶段，有所谓"三结合""大联合"，造反派末日临头。阿Q们迷迷糊糊地还在梦中，土谷祠外面已经架起了大炮。邻村的"司令"被抓进牢里，战斗队一夜之间消失，所有成员纷纷作鸟兽散。随着"革命委员会"建立起来的新秩序，只能歌颂"文革"中的新生事物，再不容许"造反"和"批判"。不问而知，宗元的大字报，连同他本人，至此随之哑火。

6

1981年初秋，我到省城一家杂志社工作。几个月之后，突然收到一封家乡的来信。

打开一看，抬头是"贤弟"二字，很感讶异；急忙翻看信末，见是宗元的署名。当时，心里闪电般掠过一个想法：他必定是有事相求了。

乡居二十年，宗元和我之间不曾有过私人往来。我们住的屋子面临大路，村北村南的人经过时，每每跫到屋里来，吃点零食，或说说闲话，唯独不见宗元的形迹。"文革"期间，我和他同属一个"战斗队"，也是各写各的大字报，彼此极少交谈，更谈不上"协同作战"。在乡间，我算得有一些藏书，后来又订阅了许多报刊，他从不借阅。为了读报，他宁愿拐个大弯，到卫生站或大队部去。

信中说：一段时间以来，全国平反冤假错案，许多人纷纷复职。他在几个月前曾向有关部门寄出申诉书，回溯50年代被遣返的问题，要求重回原单位工作。他告诉我，邻村有一个同系统的人，名叫罗成，和他同时去信，申诉书还是他代写的，最近却是复职去了。而他自己的事情，竟如泥牛入海，心里不免焦急，因此决意到省城走访一下。他坦率地说，二十余年余一梦，人事已非，当想到去原单位时，心里总是感到不踏实。为此，希望我能抽空陪他同往，问我意下如何？

想不到一个如此骄傲的人，竟也有虚怯的时候。

我立刻复信表示同意。

一周后，宗元果然到杂志社找我来了。

眼前的宗元实在太土气。盛夏天气，穿着我熟悉的那件蓝色棉布青年装，领子有一半屈折在脖子里；肥大的裤子，蹬一双崭新的"解放鞋"。行李包很可能是二十年前修公路时用的，草绿已变做土灰，明显褪了颜色。见到我以后，他把包从肩上放下来，双手提着。帆布挂带上系着一条白毛巾，大约出汗时，可以随手解下来擦拭。

我们到一家小馆子草草吃过午饭，随即坐车直奔省水产局。

出面接待的是人事科长。一位中年人，态度温和，问明来意后，对宗元说："你来晚了！"

宗元一听，脸色立刻变得煞白。

"为什么现在才来呢？"科长好像颇为宗元感到惋惜似的，不等宗元说话，径自说，"搞复职的事已经进行了一年多了。"

宗元说，人在乡下，消息闭塞，也根本不相信有这么一天。只是听到周边确实有人成功复职之后，才想到写信申诉，不过至今也有半年多了。他期期艾艾地说道，算起来不能说太晚，来访之前，一直在家等待答复。

科长说："去年我们成立了一个临时机构，从各单位抽调人手上来，专门研究解决一些过去遗留的问题，包括复职在内。等到事情处理得差不多，这个机构也就解散了。"

"我的信是挂号寄出的，你们应该收得到，"宗元急着问，"不知你见过没有？"

"我不曾直接处理此事。人太多，一个系统的材料全塞到这里来，哪里顾得上？老实说，如果不是原单位的人，没有接触到具体的材料，恐怕也不会有印象。"科长解释了一通，然后，突然记起什么似的，对宗元说："我知道有的单位至今还在打扫战场，你回学校看看，也许还有希望。"

"听说学校迁走了。"

"对了，水产学校搬到海南去了。"科长想了想，说，"还好，学校刚刚搬走，还有一些行政人员留守原地，你到了那里再说吧。"

第二天，我们穿越郊区的农田，好不容易找到宗元从前待过的地方。其实，对于这里，他已经没有太多印象了。校区的墙壁不久前被粉刷过，"文革"时期的大标语依稀可辨，又有一批宣传"改革开放"的标语叠加上去。

门卫把我们直接带到办公室。室内两男一女，都是年轻人，此刻正在聊闲天的模样，见我们进来，两人随即走开，剩下的男子凑近问道："有事情吗？"

宗元不懂普通话，说广州话也很别扭，自我介绍时变得口吃起来。我临时充当代言人，把宗元的事简单做了交代，那青年听我说完，立即从靠墙的大柜子里取出一包"卷宗"，放在桌面上。

他示意我们坐下，自己坐到桌子前面，手按着卷宗，并不开拆，对宗元说："你的事情我清楚，我是经办人。"

宗元忽然来了精神，小眼睛变亮了。他紧张地凝视着青年，半张着嘴，没有说话。

"很遗憾，"青年缓缓说道，"你的申诉没有通过。"

宗元顿时僵住了。

我问："为什么？"

青年回答说："宗元同志当时是被开除的。就是说，他是犯了错误然后被处理的，而不是处理本身有什么错误。"

宗元争辩道："当时学校并没有宣布我被开除，只是办公室主任郭宏上班时通知我，说我不服从分配，组织再没有别的工作安排，要我第二天离校。你们不知道，我就是对郭宏有意见。在团小组会议上，我公开批评他，画过他的漫画，后来矛盾越闹越大，最后才被他赶走的。当时年轻，没有经验，他没有手续给我，我也没有问他要手续，一气之下便走了。"

"我在处理信件时，发现没有你的档案。当事人只剩下郭局长一人，我亲自向他了解过。他说，你的问题是经过学校领导讨论决定的，档案也寄回到当地政府了。"

"郭局长就是郭宏？"宗元睁大了眼睛问。

"是的。"

宗元一连念出三个人的名字，问有没有调查过。

青年说："你在信中提到的人，我都曾经找过。除了一个调回了河南老家，其他两位正好还留在校里。他们都说，只知道你被开除，可详情并不了解。现在，人已经随校部到海南去了。"

"官字两个口。"宗元涨红着脸，说，"我拿不出证据，郭宏也拿不出证据，结果还不是他一个人说了算！我有什么办法！"他搓了搓双手，呆了片刻，突然站起来要走。青年安慰他说："虽然结了案，你有意见，还可以向上一级反映。"

"上一级不就是郭宏吗！"宗元激动起来，大声嚷道，然后把头一扬，意思是招呼我走。我回头看了看青年，觉得有点尴尬，只好点头告辞。

走出门外，宗元诅咒般一连说了几句"官官相卫"，一副愤慨的样子。后来，他不再作声，只顾低头走自己的路。

分手时，他对我说，他毕竟太天真，这世界老谋深算，交手几回，最后焦头烂额的还是自己。又说不该连累我奔走，懊恼无奈之余，不忘表示歉意。

这使我感到非常意外。

7

省城是宗元的不祥之地。他刚刚走上人生战场，便在这里折戟；二十年后谋求复职，不得不铩羽而归。最后一次，他是带同素芳前来的，目的只为治病。然而，不幸的是，素芳还是被死神掳走了。

记得是一个周日，忽然听到有人用家乡话在楼下喊我的名字。我迟疑着走近阳台，寻声望去，原来是宗元。

进屋以后，他满头大汗顾不上擦，也没有客套话，劈头就说素芳的病情。一个月前，素芳已经害病了，但是仍然干活，直到感觉不行了才看医生。医生说是肝炎恶变，不能耽搁，得立即转往省级医院。他想不到在大城市里看病如此困难，起先说入院，又说没病床，在小旅馆里待了两天，经辗转找到关系，才勉强住了进去。现今马上要动手术，可是带的钱太少，求借无门，只好找到我这里来了。

我问，手头还差多少？他嗫嚅着，显出很窘迫的样子。我一再催问，他答说要九千元，真的把我吓住了。那时候有"万元户"之说，九千元是个大数目，而我又是一个没有积蓄的人。他知道我为难，呆呆地坐着不说话，只是拿眼睛看定我。

他脸上汗津津的，颜色有点萎黄，鼻子和下巴翘起来，往日的神采一点也没有。使我立刻想起从前邻居的一条小狗，当我拿了食物恶作剧般逗弄它时那种眼巴巴的可怜样子。

大约为了打消我的顾虑，宗元告诉我，来前已经给好几位亲戚挂了电话，让他们分头出借，争取赶在素芳出院时把钱凑齐给我。借钱是一件难堪的事。我一连敲了多位同事的门，忙活了一个下午，总算把难题给解决了。

素芳出院前一天，宗元果然把钱带到家里来。钱装在一个小布袋里，用旧报纸包了两层，还缠上一根红色尼龙绳子。当他拆开来清点时，我不禁笑道："即使银行劫匪见了，也只能干瞪眼！"他也笑了，说是素芳的"作品"，她怕被扒手盯上了。

他高兴地告诉我，素芳的手术很成功；接着说，重要是把人保住，俗话说，"长命债长命还"，日子还长着。其实，他心里早已有了一个远大的规划，说着说着，不但不见了忧患，反而变得兴奋起来。他说大女儿已经出嫁，女婿搞建筑的，现今工地多，容易找钱；明年大儿子考不上大学，正好相跟着做泥水工。

二女儿今年初中毕业,不想念高中,想和别的同学一起进电子厂。小儿子念书不行,长得健壮,差不多和他哥哥一般高大,将来准是个好劳力。至于他和素芳老两口,在家照样种田养猪,收入不会减少。他滔滔不绝地说着,俨然一位运筹帷幄,准备随时收复失地的将军。

宗元完全往乐观的方面想。文学这东西,总是教人生活在想象里,单纯得近于轻率。而现实生活的残酷,却是永远地超乎想象,使人猝不及防。

8

宗元知道我每年清明准时返乡,第二年,我到家的次日,他就扛了一大袋干花生进门来了。他说素芳说我是"恩人",家里拿不出贵重的东西答报,只有这点土产,要我一定收下。我感觉惭愧,宗元走时,便跟随他一起到他家看了素芳。

素芳正在喂猪食,看见我来了,连忙解下围裙,招呼我坐下,说了大堆的感谢的话。她样子看起来没有什么变化,人清瘦了一点,眼胞略显浮肿。问起术后的情况,她说感觉很好,能像从前一样干活,像犁地一类男人的力气活也能干,只是容易累。这是一个传统的女人,乐天知命;她固然不知道疾病的凶险,即使知道了,也会认作上天的安排而从容面对。

第三年,宗元又送来一大袋花生。

第四年，宗元还是扛着他的大袋花生来了。

到了第五年，见不到宗元，问了邻居，知道素芳已经走了。

<h2 style="text-align:center">9</h2>

两三年后，又是清明时节。

我刚从乡下返回省城，突然听到宗元暴死的消息，心里十分震骇。此前，时间不足一周，我才在村里见到他。

消息说，宗元到大儿子的工地去。这时他儿子已经是一个小包工头，手下有一百多人干活了。不知道为了什么事情，父子两人争执起来，当晚他就吞食了一种烈性毒药，结果七窍流血而死。

传闻无法证实，但我是相信的。我随即想起见他最后一面的情景，甚至怀疑，他的死与我不无关系。

近午，我到阿德的小店铺里买扫墓用的物品。店子的生意似乎有点萧条，货物不多，货架有不少地方空着，没有一个顾客。屋子里，只有阿德和宗元两个人坐在靠墙的条凳上抽烟聊天。宗元见到我，没有站起来，只安静地笑了笑，表示一种礼貌。我忙着上山，没有余闲和他多说话，买全了东西就走了。

走时，阿德站在柜台里面，宗元仍坐在原处。他的目光落在地上，没有看我，微笑凝固一般留在脸上。

宗元的自尊心极强。我想，当我匆遽走开，不曾坐下来和他交谈，他会生出什么样的感受？他一定觉得自己被冷落了，认为我无视他的存在。

他希望，作为一个人，能在社会上得到足够的尊重。可是，几十年下来，不但社会没有把这份尊严给他，连孩子也不给。素芳走后，他失去了人生可靠的伴侣，没有了可以理解他、安慰他的人。他感到彻底失败，但是又不甘于失败，于是选择了一种尽早结束如此局面的最最暴烈的方式。对于他，自杀不是懦夫的行为；他终于执起了"弱者的武器"，与周旋了几十年的世界作一次决斗。

结果，他没能战胜世界，当然也没能战胜自己。

2019年9月3日

疯女人

傍晚，我和几位村人靠着池塘的护栏闲话家常。眼前有一个人影闪过，定睛看时，已在身边站定，原来是爱蓉。

她伸长了颈子，凑近我的耳根，悄声说："阿衡走了。"

阿衡去世将近一年，村里没有人不知道。我心里想，又不是新闻，用得着这般保守秘密吗？

爱蓉诡秘地对我笑着，目光游移不定。

我禁不住打了一个寒噤：这个女人经不起意外的打击，准是神经失常了。

从乡下回城没几天，果然传来爱蓉发疯的消息。

疯掉以后，每逢赶集的日子，爱蓉都会穿戴整齐，跟随众人乘坐手扶拖拉机到镇上去。

到了镇上，她最先往镇政府跑，要找公社书记。公社已经消失了快三十年，到哪里找去？接待室人员困惑不解，问：找书记干吗呢？她说办事情。什么事？她自报"老革命"，要公社发给补助金，弄一个折子，像公家人那样按月领银子。接着，她大谈个人的革命史，说父亲是"贫农骨"，全家都是党员，工作队经常在她家吃住。她从小就是积极分子，斗地主，合作化，公社化，还有"小四清""大四清"，都是带头的。她伸出手来，一边扳指头一边说，她做过团干，十八岁入党，当过劳模、标兵、三八红旗手，上过光荣榜，跟三个公社书记握过手，还见过县长呢。

爱蓉眉飞色舞地说着，往来经过的人陆续围拢过来。她见人越多，越是来劲儿，提了声调说话。当她说起土改斗地主的故事时，立刻两眼放光，嘴里不时发出呵呵的笑声——

那是六月天，她看见地主婆反绑双手，站在烈日底下暴晒了大半天，立刻来了主意。那时候，她还是小学生呢，居然想到从树上叉下来一个蚂蚁窠，给地主婆做帽子戴在头上。顷刻间，地主婆全身上下爬满了蚂蚁，和汗渍胶着在一起，手不能拍打，自然蹭也蹭不掉。完了，她又找来同桌，捉来两条白梢蛇。这种蛇无毒，大热天在田间道旁很容易找到。她们用稻草绑紧地主婆的裤腿，然后从腰间把蛇塞了进去。蛇找不到出口，只好在两腿间乱窜，吓得地主婆哇哇大叫，在地上蹦跶不止。

爱蓉一边学着地主婆的样子蹦蹦跳跳，一边仰头哈哈大笑。

接待员相信这是一个疯女人。他们推说，书记全都下乡去了，打发她赶紧回家。

想不到下一个圩日，疯女人又来了。

　　接待员事后查实了爱蓉的底细，不等她开口，就要她拿出"老革命"的证件。她说："你们不是有名册吗？上面写着呢！"接待员说没有证件不给办，很坚决的语气。毕竟是一个在票证时代长大的人，知道证件的权威，她不再争辩，扭头看了看接待员就走了。

　　隔了几天，爱蓉打趁圩日又来到了镇政府。她提着一个塑料袋子，向接待员扬了扬，"啪"的一声搁在桌面上，说："看吧，证件都在里面！"接待员把袋子里的东西倒出来，全是疯女人丈夫生前的病历、化验报告、医院收据之类，告诉她说错拿了，这些不顶用的。她瞪大眼睛，说："上面红彤彤都盖了大印，看清楚点，中央的大印哪！"

　　面对一个疯人，接待员知道解释无济于事，声明不能办理之后，便不再跟她说话。

　　爱蓉见接待员不搭理她，顿时暴跳起来，说："你欺负人不是？告诉你，欺负地富分子可以，欺负老革命可不行！把公社书记叫来，看你办不办？再不办，把县长叫来！"

　　周围的人闻声走近，像看动物园的怪兽一样看着疯女人。她一会儿咆哮，一会儿念叨："书记不办叫县长，县长不办叫省长，看哪个敢不办？一物降一物，一物降一物。"

　　接待员霍地站起来，指着爱蓉，厉声喝道："不要在政府里面捣乱！这是政府，知道吗？马上回家去！"爱蓉愣住了。没等她回过神来，接待员接着说："再不走，叫派出所拉人！"

　　一听说"派出所"，爱蓉慌神了。她一定记得，村里有好几个人让派出所来人用枪押到镇上去，一去就给关了起来。她不再吱声，连忙收拾了桌上带来的"证件"，穿过哗笑的人群走了。

　　此后，她再也不找镇政府，要是赶集路过，也会远远地绕开。

　　在村子里，爱蓉很少自称"老革命"，特别去了趟镇政府，害怕人们由此提及这次失败的事件，不过斗地主之类仍是她津津乐道的。这时，她莫名其妙地又称自己是"黄大仙"了。

　　她不知道黄大仙是男性，也不知道这道士的来历如何。全村除庙里有一个庙祝是男子之外，所有的巫师都由女人承当，称"仙姑""仙婆"，人们祭祖敬神、求医问卜，往往得找她们。一二十年前，村人不曾听说黄大仙的名字。后来几个后生小子到香港、澳门打黑工，游过大仙祠，回到村里大谈其见闻，大家才晓得黄大仙神通广大。还有一个消息来源，就是"码报"。赌风日盛，赌客已不满足于玩纸牌、搓麻将，开始买彩票。最流行的是香港发行的"六合彩"，称为"买码"。有一种小报，叫"码报"，专门刊载彩票消息的，其中就常常提到黄大仙。

　　爱蓉终日在村中游荡。走到人多的地方，她便一边挥手，一边大声说话，像会议主持人似的。她说："本大仙管辖九州十八县，阴阳两界，大小事务，都必须听从布置。如果大家敬奉，本大仙高兴，可保天下太平，风调雨顺，人丁兴旺，财源广进；

不然的话，必将大祸临头，逃也逃不掉。"遇到她讨厌的男人，满口粗言秽语；遇到她憎恶的女人，特别是那些跟她一样自称仙人，却能靠装神弄鬼赚大钱的女人，必定出语恶毒，简直近于诅咒。有一个口齿伶俐的年轻媳妇压根儿不怕她，跟她对骂一阵之后，随手捡起一根木麻黄树枝迎面扫去，一边迭声叫道："打死你！打死你！"她自知无力招架，立刻抱头逃窜。

最容易欺负的是孩子。爱蓉不时出现在小学生放学的路上，睁圆了眼睛，张开双臂，十指屈作钩爪状，模拟老虎下山的样子。这时，倘若见到孩子受了惊吓，轰地四处逃散，她会立即仰起脸，哈哈大笑不止。

有人说，爱蓉肚里有两个鬼：一个"老革命"，一个"黄大仙"。两个鬼轮番出现，像风车一样搅扰得她日夜不宁。

疯人的精力强旺得出奇，爱蓉简直用不着睡觉。她不睡的时候就唱歌，唱"文革"时流行的语录歌，或是别的"红歌"，还有极不搭调的山歌，东拼西凑，唱着唱着就游到了村外。她最爱唱的是一首《不忘阶级苦》："天上布满星，月牙亮晶晶，生产队里开大会，诉苦把冤申。"唱到这里，总爱用力顿一下，咬牙切齿，铿锵有力。

不管睡着睡不着，天一亮，爱蓉必定到村头的市场去。那是人气最旺的处所，也是村子一天当中最热闹的时候。她左瞧瞧，右瞧瞧，在人群中钻来钻去。人们憎厌她，回避她，然而越是这样，她越是往人群里跑。

　　她的几个儿女见她骚扰村人，合计把她送到镇上的养老院。在院里，她总是不甘寂寞，唱歌，跳神，还把周围的老人当地主，动不动要别人低头，自个儿扬起臂膀喊"打倒"的口号。

　　不得已，儿女们只好把她送向疯人院。

　　许久没有爱蓉的消息，也不曾向村里人打听，不知她现在从里面出来了没有？

2019年10月15日

一个家庭的戏剧

——阿朋又带一个老婆回来了!

——芹丽怎么办?

——芹丽有的是男人,管他!

——他们离了没?

——听说阿朋不想离。

——要我是阿朋,我才不管,两个老婆哪算多,从前还三房四妾哩!

——离婚得办手续、按手印,还要说上一大篇理由,多烦人!我看他们两个都懒得往区政府跑。背过脸,当是过路人不就行了?

我们村子有几百户人家,同一个姓,平日人们见面按辈分称呼,言谈举止,有一套完整的礼俗。可是,土改一到,就把它给废掉了。男女之间没有了规矩,最早是民兵队长同他的嫂子结婚,一点也不避忌。到了"文革",茶场里的男女发疯一般谈起了恋爱,许多女子怀孕了才正式成婚,要是父母阻挠,就把孩子打掉，最后发配到外村去。公社解散之后，青年人到外地打工，眼界开阔了，婚恋形形色色，花样也多了起来。

阿朋一家三边割据，男的干男的，女的干女的，孩子过的是第三种生活。若说是联邦制，却不见得有一个中央政府，可以直接干预。阿朋和芹丽平时不接触，而芹丽和孩子之间也失去了联络，大家都闹独立。家庭分裂了好几年，至今仍然没有统一的迹象，要是在过去，一定找"老大"裁决。所谓老大，即族中的长老，也就是公认的权威。今天没有了老大，干部决定一切，可偏偏家庭问题管不着。然而，阿朋压根儿不用别人插手，他所要的正是这种局面也说不定。

阿朋和我都是清明时节返乡的。听到关于他的议论之后，我径直到他家里找他，毕竟三十多年没见过他了。

这时，阿朋和他的女人正在睡午觉，听说我来看他，连忙起身出迎。他光着上身，腆着大肚子，活像一头约克夏猪。算起来，我是他的兄长辈，大约出于礼貌，他回头披了一件短袖花格子衬衣，纽扣没扣上，脖子挂的银链子垂落胸脯，闪闪发亮。

招呼过后，阿朋把凳子搬到门口，和我对坐着交谈。在唯一的观众面前，他神态轻松，始终微笑着演绎一出由他出演主角的家庭剧。

生活真是一位伟大的教师：三十年前的一个腼腆的中学生，在经历过种种歧视、变故、背叛之后，居然变得如此成熟、老练，游刃有余！

20世纪60年代，大饥荒年头有不少山区妇女逃往沿海一带农村，其中有些还是有夫之妇。在我们村子，就曾发生过因前夫前来寻妻引发抢斗的事件。阿朋正是那时跟随母亲改嫁来的，年纪很小，还得扯着母亲的衣角走路。

阿朋的母亲叫月英，人很诚实，勤谨，穿着也很朴素。来时戴着地主分子帽子，依旧受到管制，如定期受训，做义务工，等等。阿朋的继父叫生宝，家庭出身小土地出租，一个怪里怪气的成分。据说这种身份同上中农一样危险，属边缘阶级，他却一直任生产队记工员，兼看管仓库，就因为老实。两个老实人走到一起，除了生产队的收入，再没有其他赚钱的门路，家境是窘迫的。月英倒很满足，整天笑眯眯的，私下里说能活着就好，其实就因为生宝疼她，事事护着她。然而，老天偏不让她活着，来村里才五六年，就得急性阑尾炎死了。

月英给生宝生下两个女儿，一家五口，全靠生宝一个劳动力，日子越过越艰难。姐妹俩大的叫阿英，小的叫阿花，小学没念完，便开始下地干活。人还没长成，生宝听从村里人说媒，将她们嫁到同一个边远的村寨，又恰好是同一个家庭。几年过后，阿英害病没钱医治，早早离世，也有说自杀死掉的；不久，阿花的丈夫因车祸身亡。于是，阿花同阿英的丈夫重新凑合成一对，算顺了天意。

阿朋虽然没有了亲生父母，继父却不曾苛待他，还拼尽全力供给他读书。可是，无论对于家庭还是社会，他始终格格不入。

旧祠堂

据说兄妹之间是友爱的，也许他有感于妹妹因为支持他读书而作出的牺牲，或者，他在内心里过于看重他们共同承受的已故母亲的恩宠。阿朋归来扫墓的几天，阿花便不止一次来村里看他。

农村孩子大多出于贫困辍学，而且，这里不仅关系到费用，还有周边环境的影响。生活的教育，早就使他们认识到"优胜劣汰"的原则，而又都普遍认同自己是位处恶劣的一方，因此渴望从"丛林"中侥幸逃脱。据说阿朋念初中是拖欠学费的，有时开饭的钱也没有，经常逃学，后来干脆离校打工去了。

我们村子外出的人大多搞建筑，做生意的人很少。但是，大家都不知道阿朋的去向。偶尔回村被人碰到，问在哪里打工，他只是笑着答说"跟别人打杂"，就蒙混过去了。三几年过后，他突然带了个广西妹子芹丽回来。人们问芹丽，阿朋干的哪行，芹丽说，只见他整天跟朋友进进出出，不知道他干什么。

阿朋很少回家，要是回来，也很少露面，隐身人一样整天趴在屋里，十天半月才离去。几年过去，他做了三个孩子的父亲：一个长辫子，两个小光头。有了孩子以后，也不见他带出去玩耍，一样是隐身人。

后来，阿朋一度失踪，再没有消息。偶尔，芹丽会收到邮递员送来的汇款单，上面并不写阿朋的名字。再后来，连汇款单也见不到了。

人们开始猜测，有的说阿朋出事了，死于非命不是没有可能，村里至少有好几个不明不白走了的。有的说，阿朋没有良心，把孩子扔给芹丽，没准勾搭上别的女人了。又有人说亲眼看见阿朋半夜回村，应当有钱交给芹丽，只是高利贷在身，不想让人看见罢了。

直到芹丽某天突然跟一个男人跑掉以后，阿朋才冒出头来。

我告诉阿朋：全村人对你有看法，大家都说你坑害了芹丽，要是你对家庭稍微有所关顾，芹丽不至于跟别人跑。我问他：如今种下的苦果子自家尝，你后悔不后悔？

阿朋承认亏欠了家人许多，但是，又说不会为此感到后悔。至于说到村里人，他简直不屑一顾。他回顾他母亲受管制时候的光景，还有兄妹几个跟随继父生活的境况，反问道，村里人为他家里做过些什么？又说芹丽一个人带几个孩子，有谁曾经伸手拉过一把？都没有。那么，他们有什么资格教训别人？他决绝地表示说，他根本不会理会这些"无聊人"。

阿朋认为，他活着，跟村里人一点关系都没有。他们不了解他，他也不需要理解。接着他告诉我一个保守多年的秘密：自从走出学校，他很快被人带进了地下赌场。那里残忍、狡诈、阴暗，带有黑社会性质。混了几年以后，他终于出大事了。某日，老板将他们一伙召集到一起，用威胁利诱的手段，要他们分别认领部分犯罪事实，以减轻他个人的罪责。阿朋说，他出于义气，照老板的话做，结果在监狱里关了几年。

我问：芹丽知道你的事情吗？

阿朋说：有的知道，有的不知道，不能让女人全知道。

阿朋家和我家同在一条巷子，所以，我虽然很少回老家，但每次回来都能见到芹丽。

芹丽长得不算漂亮，高挑身材，很结实，黑黢黢的皮肤，像乡下过去家用的那些涂了釉的陶器似的。大眼睛，长鼻子，瓜子脸。门牙略为突出，嘴唇合不拢，露出一副永远微笑着的样子。我离家多年，村里来了许多我不认识的新媳妇，芹丽是其中的一个。路上遇见时，我礼貌地点头，她便看我一眼，笑笑，然后快步走过，印象中没有过对话。

每次见到芹丽，她都穿的花裙子，不知道其他年轻媳妇是不是这副新潮装扮。她走路快极了，简直小跑，裙子不时被风旋起来，像风车一样。

芹丽来到村里，正好是实行"承包责任制"的时候。有了自家的田地使她非常兴奋，几乎天天和生宝一同下地，没有一刻空闲。有了孩子以后，自然更忙，但当孩子学会走路，她便让生宝在家看着，自己一个人到外面扛活。农忙时节，为了不误农时，她抢着和别人换工，甚至用人力替换畜力。生宝死后，她学会使用犁具，这在妇女中间是少见的。村里嫁来的广西妹子共有四五个人，除个别受人贩子操纵，在周围一带嫁过来嫁过去之外，大都勤劳能干，然而到底比不上芹丽。阿朋说，芹丽家里穷，从小干活长大，训练出来了。

才过去几年，村里的青壮年几乎走光，许多田地丢荒，无人耕种。大多数家庭有人出外打工，在家的人开始有了点余钱。于是，从前种谷的买米吃，打柴的烧起煤气，渐渐地，电灯和自来水都有了。市场过去只卖肉类，现在摆满了蔬菜和水果，妇女不再晨起灌园了，后来还跳起了广场舞。村民模仿城市居民的生活，聚谈、逛荡、玩牌、打麻将，赌博的风气迅速蔓延开来。

这时候，恰好阿朋断了消息，再没有钱供给家用。芹丽要吃饭，供孩子读书，还要缴纳各种税费，买不起种子化肥，只好放弃农作，相随着走进大片闲散的人群之中。

芹丽学会了赌博。她没有资本，豪赌轮不到她，城镇的人来村里开赌场，自然只有远远围观的份儿。她玩纸牌，不玩麻将，麻将的赌注特别大，除了外来的城里人和退休的公务员、暴发户之类，村里很少这种玩家。她开始和妇女玩，后来和男人玩，赌注越下越大，赌本不够就借。在赌场上，她学会了大喊大叫，学会了说粗话脏话，学会了打情骂俏。

女儿不到十八岁就嫁出去了，才一年便做了妈妈，孩子刚断奶，随即交给芹丽喂养，自己打工去。芹丽每天用背带背着小外孙到赌场转悠，总得偷空赌上几局。村里人说她"鬼灵精"，眼疾手快，又会用脑子，打牌多是赢家。她的广西老乡阿秀知道根底，说她就靠赢几个小钱维持家用，挺可怜的。

过了一段时间，女儿因工伤从外地回来，把外孙接走了。芹丽重新成了闲人，除了给上学的孩子做两顿饭，几乎无事可做。这时，挖沙船的老板到村里雇人挖沙。芹丽听说每个月可以拿到一千多元，比到镇上进电子厂的工薪还要高，便串同另外两个年轻媳妇一同到船上去。

村里人说船老板是个老色鬼，把三个女人骗到船上，和他日夜鬼混。也有人说他是人贩子、皮条客，专门拉女人赚钱的。大半年过后，三个女人果然接连跑了。

据说越南籍的返回了老家，也有说死了的。一个住我家附近，改嫁的地方靠近县城，男人没有固定的工作，在城里打短工。女人不幸得了脑疾，几近失明，男人不给医治，趁黑夜把她送了回来。

邻人说，女人在自家门前坐了一整夜，轮流着呼喊丈夫和一对儿女的名字，用拳头捶打门窗，都无应声。第二天，大家劝她丈夫让她进屋，进去之后，丈夫连同孩子却全搬到公婆处住了。她很快双目失明，在无人照料的情况下，只好活活饿死。听说她死前哭号不绝，十分悲惨。

芹丽跑出去之后，跟了一个老单身汉。人很老实，没有技艺，天天和芹丽一起跑建筑工地。村里人始终弄不明白，芹丽这么一个聪明女人，怎么会死心塌地跟一个穷光棍跑？

阿秀告诉我，芹丽走前一个晚上，曾经到过她家，告诉她出走的决定。阿秀劝阻说，一个四十出头的人，脚下有了几个儿女，而且做了外婆，改嫁不怕人笑话？芹丽说，心里太苦，只要离开这个家，跟什么妖魔鬼怪都行。阿秀说，女人不靠丈夫就靠孩子，再打熬几年，等两个男孩出去找工做，日子就好过了。芹丽说不行，说罢抱紧她大哭。

我问阿朋：芹丽走后，你见过她没有？

阿朋说：一共见过三次。

头一次，孩子让我回来找她。我通过阿秀联络，好不容易在城里找到她的住处。那是个老房子改建的出租屋，她租住一个单间，公用的厨房厕所。见到她的时候，她刚好买菜回来，没看见那个男人。我劝她跟我回村里去，为了打消她的顾虑，我对她说，村里人说三道四你不用管，就算人家说戴绿帽子，也是我戴着，我都不怕，你怕什么！我说，人都有走错路的时候，我也曾嫖过赌过，现今不就正好抵消了么！

我心里想：这家伙没学过心理学吧？

阿朋接着叙述说：你猜她怎样？她净盯着我看，好久才说：太晚了！然后沉着脸不说话，只顾忙她的晚饭，连孩子也不过问一下。说到这里，阿朋摇摇头，苦笑了一下，说当时心凉了，就走了。

见面后不久，芹丽正式提出离婚，要阿朋回来办手续。阿朋在工地上找到她，这时，她正在同那男人一起扎钢筋。阿朋说：我把她叫到一旁，问办手续是谁的主意？她竟然说不用我管。我一下子火了，警告她：只要我愿意，立马可以砍断他的臂膀，双腿也行，你该知道我的一班兄弟干什么的。她不吱声了。

说到这里，阿朋重重地叹了口气，清了清嗓子，继续说：这时我还是尽量压住火气，劝她不要办这道手续。其实，找她之前，我已经把这事情想清楚了。我说，离婚我不反对，办手续也很容易，可是你想过没有？办了以后，无论名义上还是法律上，你都不再是孩子的妈妈。你现在不想孩子，将来有一天也许会想到他们，那时候反悔就迟了。她马上哭了。我向她承认，我对不起她，我说这么多年，就当是我们同居过来好了，今后保证不干涉你的事。她一直抽搭着不作声，我也不勉强她，站了好一会才离开。

最后一次见面，是替芹丽买社保。阿朋告诉我，前几年，村干部动员大家买社保，说自家出的钱越多，将来政府给的钱就越多。芹丽的户口没有迁出去，又不敢回村里，阿朋怕错过时限，只好亲自找她。阿朋告诉她相关的政策，商量买还是不买，买哪一个级别。芹丽很犹豫，阿朋便对她说：你现在有力气干活倒没什么，等老了，没有了力气到哪里找钱去？你不要指望依靠世界上哪一个人，我靠不住，别的人也靠不住，连自家的孩子也未必可靠，这时候就得靠社保。芹丽仍然犹豫，这时，阿朋表示愿意承担其中的一半费用，她才勉强同意了。

我夸赞阿朋是一个重情义的人。他摇头说道：芹丽有她的心思，她怨恨我，不会跟我讲。在我，始终把她当成家里人，事到如今，总得给她留一条路。

按阿朋的说法，他和芹丽之间，心里仍当存念着彼此，说是"藕断丝连"似乎也算恰当，说不定哪天重归于好。可是，这时偏偏来了个闯入者，从此故事恐怕得改写了。

闯入者姓乔，阿朋介绍时说了她的姓，没有说名字，只知道她是湖南人。我们的谈话直至结束，她都没有从里屋出来，只是前一天随同阿朋赶集路经我家门口，见过她的样子。人很健硕，四十岁左右，短头发，宽脸膛，脸上红扑扑的。走路甩开臂膀，步子大而快，像个当兵的。见阿朋和我们打招呼，她便侧过脸微笑着点点头，显然是一个见过世面的女子。

阿朋离家一直在粤北，出事后去了湖南，后来在一个有两三百人吃饭的工厂食堂里工作。姓乔的原本是一个镇子上的人，嫁到城里，开了一家小公司。后来她离了婚，手头有点资本，便承包了阿朋所在的食堂。她最先让阿朋跑跑腿，接着买办食品，直到负责总务工作。大约在这个时候，她喜欢上了阿朋，经过一段亲密的接触，又得知阿朋配偶的情况，于是提出结婚的要求。

　　这使阿朋感到为难。他对姓乔的坦白说，他不会答应办任何手续，因为他曾经向妻子承诺过。他的意思是，他们只能建立同居关系。姓乔的不希望两人的关系地下化，即便同居，她也要"正名"。据说两人僵持了一段时间，最后，还是姓乔的凭着一股湖南人的勇气，把障碍给扫除了。

　　她提出，她要只身南下，找阿朋的妻子和三个儿女谈判，只要他们同意，就可以公开同居。

　　这是个大胆的设想。

　　阿朋虽然不想让家人知道他的事情，但是没有理由反对，只好任由姓乔的按她的意思行事。他给大男孩挂了电话，说有一位阿姨有事情要去找他们，让他配合一下。他想不到，这孩子很爽快地答应了。

　　姓乔的在城里找了一家最豪华的酒店住下，首先找的是阿朋的三个孩子。她订了一个吃饭的房间，入席之后，先给每个孩子夹菜，问了一些家里的事情之后，才进入正题。她自称是阿朋的同事，说阿朋一个人在外太孤单，有病无人照顾；知道他妻子已经离开，所以愿意陪护他，帮忙料理日常一切。她声明，她是特地前来征求意见的，如果同意，就这样"上岗"，不同意就算了。还有，如果各位的妈妈将来回来，她将立即"下岗"，决不拖延。

女孩不说话，始终不做回应。阿朋说，女孩在她妈妈身边长大，直到出嫁，他却很少回家，因为相处时间少，没有多少父女感情。阿朋还说，女儿嫁得不好，经常遭丈夫打骂，恐怕对世上的男人都没有好感。她同情她妈妈，又不认同她妈妈跟别的男人跑，因此，他猜想她心里一定很纠结。

两个男孩不同。阿朋说：他们已经长大，在外地打工，男女之间的事情听说多了，不会很难理解。芹丽出走的时候，他们还小，所以特别容易受伤，觉得被妈妈抛弃了。我不在家，村里没有人怜爱他们，没有人帮助，反而歧视他们。他们会把所有这些，都算到做妈妈的头上，觉得妈妈背叛了我们，到后来甚至仇恨起来，还得我给化解。所以，在饭桌上，当同居的方案拿出来的时候，他们都很平静，并不反对。

紧接着，姓乔的买了一些礼物，想办法找到芹丽。开始时，她自称是阿朋厂里的同事和朋友，使芹丽不拒绝见面。当两人交谈到一定时候，她才说出想和阿朋同居的意图，征求芹丽的意见。还补充说，如果芹丽哪天需要阿朋，她一定退出，不会打扰他们的生活。世界上有这样征求意见的吗？阿朋说，芹丽大概觉得人家千里迢迢过来，这样尊重她，她已经很满足。据姓乔的说，芹丽迟疑了一会，向她表示说，随阿朋，他想怎样就怎样。

其实，姓乔的并不在乎芹丽和她的孩子们赞同还是反对，她只是借由这样的场合，把她和阿朋的关系公开出来，并且加以合理化罢了。

姓乔的"单刀赴会"，这个行动放在乡下实在出格，然而结果皆大欢喜。而今，她可以随同阿朋一起到村场各处走动，大大落落地接受人们投来的审视的目光。

我问：你们俩回来，男孩习惯吗？

阿朋笑道：他们叫她阿姨，可亲哩。

我开玩笑说：被她收买了。

阿朋笑着点头，跟着说：她有本领，连我妹也被收买了。

如果芹丽此刻回到阿朋身边来，他该怎么做？我突然对这个问题发生兴趣，于是问阿朋。

阿朋想了一下，缓缓地说：我倒没想过，不过，这种事情大概不会发生。他变得认真起来，说：我下半辈子很可能在湖南过，即使将来两个人闹翻了，分手了，我也不一定回到村里来。孩子将来可能成家，又有了孙子，"儿孙自有儿孙福"，更用不着我了。芹丽要是能够回来照顾孙子，母子的关系应该还在，如果不理会，也就只好一个人过了。反正她有一份社保，就凭那点小钱过日子吧。

我觉得有点不可思议，我说：你有几个孩子在这里，难道到最后也不想回来吗？

　　阿朋感慨道：说起来，这村子不能算我的故乡，说到家吧，也不再是原先的家。我五岁死了父亲，九岁死了母亲，我是流落到这里的，十多岁又流落他乡，到处漂泊。你说，我还有什么家的概念？现时趁腿脚还行，清明回来看看，但是终究有走不动的时候。回来做什么呢？就为了给母亲的坟头挂一张白纸；继父对我还算不错，也就给继父的坟头再挂一张白纸。就这样了，还有什么呢？他停顿了好一会，继续说，像我这样的人，其实是不配成家的，那时年轻，认识阿芹，就干柴烈火般地结婚，生子，而且一气生了好几个。坦白说，养大几个孩子全靠她，有钱的时候寄过一点回来，没钱的时候就只好由她一个人扛着。她这回走了也好，跟着我也没什么出息。剩下两个孩子，好在今年都满十八岁了，开始做工挣钱了。人家说"人生如戏"，演得好也好，演得坏也好，演完这一幕也该收场了。

　　这时，我发觉阿朋有很强烈的倾诉欲望，不待我插话，他便看定我说：今天，大家叫我阿朋，你可记得当年多少人叫"地主仔"？我的履历有着这样一页，孩子却从来不曾翻出来看过，不知道"地主仔"是什么意思。我们毁家求生，我母亲改嫁时，父亲还活着呢。还有几个叔伯家的兄弟姐妹，都分散给了别人。现在，我也懒得寻亲认祖了，各顾各的人生吧。

　　我抱歉提及家庭而勾起阿朋这许多心事，便说：过去的让它过去，毕竟现在比过去强多了。最难得的是，孩子大了，能够理解你的不易。

阿朋又笑了起来，说：他们能理解？永远不可能！我只想告诉你的是，因为家庭出身，小时候的阴影太大，遮没了我一生。我是一个地地道道的流浪汉，有了家也好像没有一样，没有顾惜，没有留恋，没有安定的感觉……

我说：你从小失去父爱，现在可以多留一点给孩子了。

阿朋朗声大笑，说：人生在世，听其自然吧！

2020年，春节疫期，杜门不出。

浪子归来

——五奎回来了!

回乡的头一天,邻居便告诉我这个消息。惊异之余,既感欣幸,却也不免略感怆凉。五奎从村子里消失快三十年,村人曾经风传他已经死去;说他在工地率众讨薪,工头报复他,事后让黑社会给做掉了。大家早已遗忘了他,这时,他竟兀自冒了出来,到底出了什么事?

五奎是堂伯父的小儿子,和我同岁,小时候经常在一起玩。他有三个哥哥,因为兄弟多,分居时只分得一个极窄小的廊间。念完初中,他不想窝在里面,每天伸直了身子就为了给生产队干活,于是投奔他二哥。当时,他二哥在一个濒海的小县城里做工商局长,到底怎样安顿他,村里人不知道;据说他后来离开城里,到外地承接工程,有没有赚到大钱,村里人也不知道。直到有一天,他带了一个女人回到村里,大家这才下结论说:五奎发了!

五奎不戴金表金链，穿的是半新不旧的皮鞋，没有一点"衣锦还乡"的派头。可是，他的女人倒招摇。她叫阿芳，至少比五奎年轻二十岁，模样俊俏，穿戴整齐，大家说像个唱戏的。村子穷，小伙子很难讨媳妇。德全给儿子讲成一门亲事，卖掉两头牛、一头猪，还凑不够礼银。因此，大家评估说，五奎这小子不露富，他至少有个"万元户"的身家，要不人家大闺女怎么会跟他跑？

五奎在家只待了半个月，把阿芳留下，仍旧一个人出门。结果，一年不到，阿芳就私奔了。男家不远不近，和五奎家只隔几间房子。男人叫阿根，老婆两年前病故，遗下三个孩子，大孩子快小学毕业了，小的还要抱带，家里凌乱得很。阿根除了照顾小孩，还得料理一个鹅场、三口鱼塘和一个小果园。阿芳在家没事干，常常过门给阿根抱孩子，白天有时搭坐阿根的拖拉机到野外去，帮忙干些杂活，晚上再坐拖拉机突突突地回来，或者干脆不回来。

大约五奎兄弟写信告知了这一切，五奎某天突然归家。他发现阿芳果然不在，直到深夜仍然不见踪影；可是又不好到阿根家查看，也不好声张，第二天见到阿芳，她直白说是跟阿根睡去了。

那么，往后的日子还过不过？阿芳说不过，跟阿根过。五奎一点办法也没有。原来他们只是凑合在一起，老话叫"野合"，新说叫"同居"。当人们知道了这个底细以后，关于"五奎替阿根找老婆"的传闻便迅速传播开来。

五奎叫阿芳捡包袱走人，然后把仅有的廊间卖给大哥，不让自己有容身之地。用一个典故来形容，这叫"破釜沉舟"。跟大哥签下房契之后，五奎告诉父母，他此后不准备再回来了。

扫墓完事之后，头一件事就是看五奎。我打听他的住处，邻居说，五奎住新村他二哥的草间。又说几年前，五奎的侄儿要结婚，他二哥在草间上面加盖了一层，自己住在里面。现今他见五奎回来两手空空，只好把草间腾出，自己和儿子住到一起。

三十年间，村子的变化太大。随着大批青壮年外出打工，人们陆续迁徙，村子中间的大片房子无人居住，有不少崩颓的，也不见修整。只是边缘地带，有新的房屋建造起来，还有几栋楼房拔地而起。

叫新村的地方，是村子伸向河沿的一条尾巴，总共住着十几户人家。我很快来到五奎的住处，环顾周围，不免有点迟疑。原来一排低矮的牛棚草间，这时已经变作红砖房了。我高声喊道：

"五奎！"

楼上立刻有了应声："谁呀？"

我报了小名，他连声"哎哟""哎哟"地叫着，一边叫，一边下楼。

见面的一刻，我呆住了。

五奎穿一件灰色恤衫，显得有点驼背。头顶光秃秃的，残

留了耳边的白发，眉毛胡子也开始发白。脸部很光滑，嘴角两边的肌肉却垂了下来，皱巴巴的不大搭配。下巴伸出，翘起，简直和堂伯父同一个坯子倒出来似的。

"五奎，老了呀！"我失声叫道。

"多少年啦？不老才怪呢！"五奎咧嘴笑道，"还能像从前那样子么？唉唉，寻不着啰！"

我顿觉怅然。

五奎拉住我的双手，看定了我，眼睛有点涨红，然后拍拍我的肩膀说："上面坐吧。"

楼梯阴暗而狭窄，但很干净。楼上本来不大，可能没有摆放什么家具杂物的缘故，看起来开阔多了。靠东的间地没有盖起来，搭起一爿雨篷，下面安了老式的炉灶，算是厨房。有一只水龙头，贮水缸是几十年前陶制的那种，旁边放着一只木桶和一只洗脸盆，我怀疑是堂伯父的旧物，用的年代久了，快变成黑色。炉子后面整齐地堆放着一小堆木柴，炉内炭火通红，有一小截木柴尚未烧完。楼梯外侧用一道拉门隔开，做成一个房间的样子。那里铺着一张木板床，没有帐子，床边搁着一个帆布行李袋。屋里不设衣柜，他的衣物想必全部塞进袋里，像出门在外时一样。

墙壁西向和南向有两个窗口，楼上相当敞亮。梯口处空置一小块地方，摆放着一张小方桌和一张木椅子。说是桌子，其实早就断了腿，只用一摞红砖头支着一方旧桌面，零乱地放着几张码报，还有酒瓶、茶壶、杯子、碟子，以及手机、打火机和烟盒之类。椅子旁边，倚墙立着一台风扇，扇叶用废电线缠绑着，活像一名被俘的伤兵。

上楼以后，五奎招呼我在木椅上坐下，径直走向炉前，蹲下来用拨火棍子撩拨一下炭火，又拿起吹火筒呼呼地吹了两下，然后端着地上的矮凳子走过来，坐到桌子对面。

他伸手拿过烟盒，熟练地打开，说："来一根吧？"

"不会。"我摆摆手。

他点燃一根香烟，用力吸了一口，侧过头去，吐出一串长长的烟篆。

"村里不少人用煤气，你就烧气吧，多省事！"

"其实烧柴也挺方便。带一把斧子上山一次，可以烧上一两个月。"他眨了眨眼，笑着说，"木柴烧的饭更香些，你觉不觉得？"

"算了，还不是图省钱！"我指着脚下的风扇说，"你看，是不是早该换了？"

"别看它这般破旧，风特别大，特别凉快！"他把风扇提起来，放在我跟前，揿动开关，风扇立即发出咯吱咯吱的响声。

我不禁大笑，他也跟着笑了起来，解释道："它叫不妨事，有风就行。不妨事的，叫起来，家里还多出个伴儿呢！"

夕阳穿过西窗射进来，很大一块橘红色落在桌面上，整个屋子变得明亮而温暖。

我和五奎，两个同时离家的游子，多年重聚，别后的际遇，自然成了最切近的话题。比起五奎，我终年待在一个单位里，在书籍和稿纸中间讨生活，应当说是安定的。如果比作两头驴子，那么当主人把我们分别拉走之后，我便成了作坊里的磨驴；五奎多方辗转，倒像是那种跑运输的驴子。倾谈间，我发现，他对我的拘囚般的生活并不感兴趣；而我，对他动荡无定的流浪生涯，只能感到畏惧。

五奎从学校中途出来，他二哥不想他干力气活，走后门让他到税局当记事员。上班前明白告诉他，在城里先站稳脚跟要紧，过一段时间再设法弄个招工指标，把户口问题解决掉。毕竟是官场里的人，事实证明，他二哥对他的设计是有根据的。他在税局里的同事，即使当时跟他一样不名一文，后来都发了大财，买了豪宅，有的甚至养起了情妇。

五奎在税局干了大半年，就辞职不干了。他刚做事，薪资并不高，不懂得什么叫"灰色收入"，看不到前景。他觉得每天全为别人做事，而经手的事，没有一件同自己有关，既不关乎利益，也不关乎兴趣。他说，他出走只是为了自由，想干什么就干什么，谁也管不着。如果在一个单位干到老，除活计不同外，在城里和生产队里有什么区别？

他一没资本，二没技术，没有关系变卖白条子，也没有胆量混黑社会，只好老老实实在建筑工地上做小工，即所谓"泥仔"，给泥水师傅搬砖递瓦，到底卖力气。后来，他寻找机会到澳门打黑工。打工期间，结识当地一位工友，两人开始合谋走私手表。他们远走郑州、西安、乌鲁木齐，包括沿途一些小城市，生意做得颇顺手。两年后，同伙被捕，他侥幸逃脱，从此洗手不干。

五奎一直梦想着做包工头，当手头积攒了一点钱财之后，立即打探工程承包的消息。他说，开头不知深浅，有几笔钱打了水漂，幸好数目不大。那时，许多工程都没有公开招标，大家都知道暗箱作业，然而只要有门道，还是想方设法拼命塞钱送礼。其实，单靠贿赂成功的很少，五奎接手一单建筑工程，终究靠他二哥从中拉线。那是国企的一栋大楼，上场不用带资，包工不包料，条件好得很。意外的是，大楼盖到中途，一个内地工人突然从脚手架摔了下来，当场死掉。这事的麻烦可大了。死者的家属闻讯带了一大帮人过来，闹着要打官司。好在他二哥认识公安局里的人，最后赔上三几万，算是私了。

事故发生以后，单位怕担责任，终止了合同，余下的工程转手包给了一家建筑公司。于是，五奎转身便又成了街头的一个无业游民。

"飞来的横祸，差点没有坐牢。"

五奎说完半截子工头的经历，往小瓷碟狠狠地按灭烟蒂，又点了一支烟，一连吸了几口，然后摇摇头，笑着对我说：

"兄弟，一切命中注定！"

"偶然性。"

"记得小学时候，语文课里'守株待兔'的故事吗？该你有吃肉的口福，一只活生生的兔子会立马摔死在你面前；要是没有这份福气，老天，就算守在老地方坐上十年八年，连一根兔毛也找不见。"

"后来有没有碰上兔子？"

"没。"

"二哥呢？不帮忙了吗？"

"嘿，早就不相信我了。"五奎顿了一下，说，"这也难怪他，谁叫你钱没赚到手，还一再出事呢！"

我笑道："阿芳该是那时候逮着的兔子吧？"

"什么兔子！别提啦！"五奎脸上露出愠怒之色，转瞬间，又喜剧性地笑了起来，说，"瞎猫凑巧碰上了死老鼠！"

他告诉我，阿芳老家在粤北山区农村，几年前出城当保姆，后来经人介绍，才到了工程队的食堂烧饭。工程队解散以后，她一时无活可干，常常跑到五奎的出租屋里来。不久，两人就正式同居了。

我说："你不该把她一个人留在村里，孤单单的，当初为什么不同她一块出去呢？"

"我习惯一个人生活，她不习惯。"五奎说，"那时，口袋里还剩下一点钱，不死心，想再找一单工程试试。我跟她商量，一个人出去活动方便，若果找到工程，再接她上去。她原本同意了的，怎知道床铺还没睡暖，就跟人跑了。"

"算了，"我说，"我看你也不像是那种殷实过日子的人。"

五奎坦然笑了，说："她走我没意见，可是，要走也得走远点呀，偏不，就隔一条巷子。这不是当众硬生生剥我的面皮吗？"

"所以，你就撤退啦？"

"兄弟，不瞒你说，"五奎伸手弹了一下烟灰，继续说道，"当时，我确实发誓不再回来，除非赚了大钱。"

"赚了又怎样呢？"

"抖给她看，叫她看了连肠子都悔青了！"

"结果赚了吗？"

"咳！"五奎叹了口气，拍拍大腿，霍地站起来，伸手揿亮梯口的电灯。这时，炉火已经熄灭，屋里弥散着米饭的香气。我扭头望望窗外，才知道夜色已经降临了。

五奎坐下来，没有说话，眯着眼睛大口大口地抽烟，直到扔掉手中的烟蒂，这才向我叙说他的滑铁卢经历。

当小芳决意背叛他，而他无力翻转局面的时候，五奎的内心已为报复的怨愤所充塞。他急于赚钱，扩大资本，为了承包工程，不得不舍弃正路，一再铤而走险。在朋友的怂恿下，他走进赌场。赌博高手多，何况有看不见的陷阱，他哪里是对手？只消三两下，就把口袋里的钱输个精光。

　　赌场的失败重重地打击了他，从此再也抬不起头来。没有了资本，他无路可走，只好寻回过去的生计，就是到工地做泥仔。这种力气活，顶多干上十年八年，便再也混不下去。没有师傅会舍弃年轻力壮的帮手，而喜欢使用年纪大的人。这时，他已经年过五十，自觉大势已去，只好到一位熟识的工头老板那里讨一个做保安的位子。一年一年过去，他感觉手脚好像有点不大灵便了，膝盖开始疼痛，许多毛病逐渐跑了出来。到了六十岁，正是公务员退休的年龄，老板给他换了工作，让他一个人从早到晚看仓库。

　　从意识到衰老的时候起，五奎开始犯愁，怕老板有一天解雇他，此后将无家可归。然而，老板从来不提退休的事，连暗示也没有，这使他感激到了极点。他口口声声诉说老板如何和善，如何体恤他，舍不得他走；絮絮不休地描述老板过年时如何给他红包，如何差遣工人把剩下的肉菜打包送到仓库里来，如何让他到大客厅里看电视连续剧，那种卑琐、忠顺，让我听了心里直叫唤：你怎么变成了这样子，五奎呀五奎！

　　几年前，五奎接到三哥打来的电话，说村里的老人可以领"老人钱"了，村干部要调查登记，问五奎到底在哪里，多大岁数，要不要在村里领取。五奎回答说，当然啦。两年后，他偷偷回了一趟三哥家，领了积存的钱，心里踏实许多。到了年头，干部通知说，五奎的"社保"数目大，不能代领，一定要他亲自按手印。当五奎算过账，手里攥着一沓票子的时候，就开始动起了告老还乡的念头。

我问：一个月能拿多少钱？

五奎伸出两个巴掌，张开十个指头，再屈起一个，吐了吐舌头说："九百！"说完，得意地告诉我，他一共领到三笔钱：一笔给相当于生产队时代的"五保户"，带有特殊照顾性质；一笔是一般老人领的养老金；还有一笔是按年龄级别递增的费用。五奎说，村干部在表格上给多记了十岁，到了八十岁就又多出几十元。他说罢，不由得笑出声来，连声道：八十岁！八十岁！他摇着头，一副简直不可思议的样子。

"这回该不走了吧？"我试探着问道。

"不走了，走不动了。"五奎说，"想不到政府给这么多钱，全村数我拿得最多，五保户呗！加上买码，对了，最近手气很不赖，又赚了好些。如果不是担心害病得放上一点，光是日常花费还挺松手的。"

他点燃一支烟，继续说道："现在可自由了，仓库不用看了，老板不用管了，如果闷声不闹事，干部也管不着。我赤条条一个人，没有老婆孩子拖累，自然也用不着他们监管。你不知道，别看亲人骨肉，整起人来狠着哪！"他笑着说，"你听说没有？公仔辉跟村里几个人到彭公寨玩北妹，被他老婆知道了，立刻扫地出门，一连几天只得在庙里待着。"

我不禁笑了，问他："你回来以后，碰见过阿芳没有？"

"见过，一样的泼货！"五奎说，"有一次从山上下来，见她一个人在菜地里低着头捉虫子。我站到她背后，从钱包里取出一张一百块的放在她头顶，然后故意弄出些声响。她发觉以后，指着我破口大骂起来。"

"玩笑开大了。"

"这算什么！"五奎气恼地说，"几十年，我一直在找机会出这口恶气呢！"

"村里人怎么说？"

"都是一群势利鬼！不提他们！"五奎像是很感慨的样子，说，"人看势头火看烟。今天，见我空手回来，就当个新闻广播一下，许多人见面连招呼也不打，明明白白，就是瞧不起你！"

大约他气闷久了，说起话来滔滔不绝："你看看村里，人心全变了，无情无义，父子兄弟走近一样讲钱。从前遇到红白喜事，人们主动上门干活，现在是只要不用求靠你，就当你不存在；要是你穷得叮当响，保准没有人瞧你一眼。我很少理会大伙儿，有时到市场转转，或者到镇上走走。几个买码的人会找我，我有码报嘛！除此之外，没有聊得来的人。同我们差不多年岁的，现在儿女一大群，见了面也无话可说。'酒逢知己千杯少'呀，我一个人饮酒，自娱自乐。要不，还能怎样？"

他歇了口气，说："有一天上山砍柴，碰到一只野狗子。我看看它，它看看我，走走停停，就这样相跟着走了两三里路。那时，我忽然想，在村人眼里，我不就是一只野狗子么！"

五奎一口气说下来，话虽然愤激，听起来却是悲凉的。我开玩笑说："起初你逃出生产队不就是要做野狗子么！做了几十年，今天倒不满起来了！"

五奎听罢，搔了搔头，笑了。

我说："不管野不野，能找到食物和快乐就好。"

"就是，就是，"五奎说着，开始兴奋起来，说，"如今食物有了，就是没有快乐！"

"快乐是什么呢？"

我们似乎一下子被这个问题噎住了，看定了彼此，禁不住哈哈大笑。

走时，五奎坚持送我下楼。

在黯淡的灯影里，我瞥了他一眼，油然想起他少年时的样子：长发覆额，圆圆的脸，有几点雀斑，翘起的上唇像是有意露出可爱的虎牙，下颏尖尖的，带点女孩子的秀气。眩惑间，心里抖了一下，怎么一个少年人顿然幻化成了一个陌生的老头？

月亮升起来了。

月光如水，漫过田野，漫过河滩，周围的楼房屋舍悄然没入澄明的水中。这时，一阵少年的喧哗声从河滩那边隐约传了过来，人影绰约，穿梭追逐，旋转不已……五奎在队伍中高出一头，不时做着鬼脸，喊声特别嘹亮……如许的月光，如许的初夜，水草混和着稻草的香气缭绕着我们。我们捉迷藏，捉特务，打游击，还有喘息着唱歌……

故　园

一条大河波浪宽，

风吹稻花香两岸……

歌声、人影、河滩，渐渐地远了。

我回望原地，那儿只有一个站着不动的老头。

2019年12月31日

故 乡

我不止一次为世代的城里人感到遗憾。他们没有故乡。

故乡的一切：田野、林木、农舍、饲养和吆喝牲畜的语言，是人类的摇篮。大批的文化学者、诗人，故以各种猜测和想象，讴歌不辍；哲学家也不惜使用华美的语词，把哲学定义为"乡愁"，说是游子背着包袱寻找精神家园。

距离可以使任何事物变得优美起来，况复故乡呢。我来大都市将近十年，故乡犹自温柔着，在暗暗老去的心中……

我思念月亮。月亮是城里所没有的。它无声地泻落乌黑的屋瓦、莓墙、石子路，清凉如水。池塘是别一种风味。磷光如萤火，而萤火又是别一种风味。月夜的笛声是好的，难怪帕斯卡尔因吹笛而赞美了人的脆弱。还有潇潇春雨夜，满枕蛙声，客人有约不来不也很好吗？我思念我的小屋子，以及那棕色的小木门。傍晚，父亲常常走出大屋巷口，高声叫唤着乳名催我

吃饭，见我迟迟不归，就会径直过来，手扶木门，静静地看我读书和写字……

现在，父亲走远了，几经改制的小木门也没有了，谁倚门等我？

故乡！那里像土地一样浑厚，牛一样勤劳，野草一样生生不已的人们，是我所怀念的。在父亲被打成"反革命"以后的一段艰难的日子里，唯有他们和书中孤独而高傲的灵魂给我以慰藉。记得是早晨，我扛着犁杖踽踽行走在山间小路上，前头有一位老者，一面摇响牛鞭一面回首看我，这时，歌声遂从鞭梢悠悠地飘了过来。那是一首带有劝世性质的山歌。大意是：耐心等待吧，不要难过，世界轮番转哩……多好的老人呵！不知今日还健在否？而那时，他的腰背就已经伛偻得可怕了！……

这些年来，我一直生活在甜蜜的乡愁之中。诗意的回忆使人沉醉。有时，我觉得自己是一匹"荒原狼"，却又十分适意地消受着都市文明：单元房间，办公大楼，洁白的卫生间，奇妙无比的日本彩电，立体声录音机，冰箱，煤气与自来水，剧院，酒吧，的士，多余的会议和壁灯，各种访问，言不由衷的谈话……以致在自欺、自慰、自满、自足中忘失了人生的一个重要情节：假使怀乡病真可以算作一种病，那么，当年为什么要逃一般地离开呢？

一天，看大学生朋友的诗稿，其中有一首《石马河》，简直电击般地使我受伤，使我于长久的麻痹状态中惊觉——

　　……你的存在竟是那样伟大/以至有无数如我的青春/企图逃避你都无法得逞/徘徊于异地的河畔/我总想忘记你，可就是你/始终流淌在眼前，泪水涟涟地/感动我无动于衷的年龄/石马河，你简直是天罗地网/残酷无情地围困我……/石马河，总有一日/我会头也不回地走了/像奴隶走散……

　　为我所熟悉的土地，多少年来渴望着农机、化肥、优良的管理；偶尔回乡，却见阡陌纵横，界标林立，若抹去几根电线杆子，直是走在陶渊明范成大的诗行里了。笔直的机耕道固然不得见，连十几年前铺就的石板路也日见颓废，运河桥原有的两道护栏，因为少许的钢筋被盗，已是彻彻底底地坍没了。未来的管理人员，成批地中辍了读书的机会，而提前进入庞大的劳动者队伍之中。这里的童工是受保护的。可惊喜的是，在低矮的农舍中间，每年都有数幢楼房崛起。人们告诉我那是乡干部和包工头的宅第，只有少数几幢是屠户或外出做工的人兴建的。殷实的庄稼人，收入唯靠出售有限的粮食和鸡豕。有的人家，甚至连半条牛腿也没有，每到农忙，只好以人力代换畜力，幸好庄稼依然茁壮——神农的后裔啊！

　　都市，富足和享乐的象征。芸芸众生，充满人性的弱点，怎么可能抵御现代都市文明的巨大诱惑？我们又有什么理由要求他们留守家园？如果有可容劳作和享受的地方，何处不可以成为故乡呢？与其为故乡贫困地活着，不如抛弃故乡而赢得自由、幸福的生存！

我不禁暗自吃惊于这个结论，然而，不管如何深爱着故乡，也无法推翻生活本身固有的逻辑。好在农民们都是生活的忠实儿女，无须恪守任何教条，只要周围有一个缺口，他们就会充满幻想充满活力，他们所到之处，邀呼着聚集着喧哗着从故乡出发，向陌生的都市。他们所到之处，旋即形成"盲流"，形成"丐帮"，形成建筑大军，形成保姆市场……其情势之可观，致使喜好编写所谓"纪实文学"者流竞相以"大"称之。——数千年来第一次劳动力廉价大拍卖！此等常识，无须从古典到现代的任何政治经济学教科书的指导，在农民看来是天经地义的。只有自以为正统或新潮的理论家才为此喋喋不休。

看一眼矗立乡野的大风车，或是盘挂悬崖的行人道，可以知道农人所具有的非凡的想象和冒险精神。所谓"保守""狭隘"之说，实际上是历代的治者用了各种绳索将他们束缚以后所加的结论。他们何尝安分守己呢？而知识者却往往以"安贫乐道"称指"小农"的文化心理。殊不知，这正是封建时代知识者自身在分得权门一杯羹以后，对劳力者的道德说教，与挣扎着生活的农民是不相干的。农民即使"安贫"，乃系不得已；"乐道"也是自嘲。在他们的名字中，除了阿狗阿猫，尚有不少叫作阿福阿运阿改阿变之类，便可窥知他们意欲扭转命运而不能的世代相传的痛苦情结。

此刻，农民以和平的方式改变命运的历史性尝试已经开始。这实在是可以鼓舞祝祷的。然而，我们所见的是：农民潮水般地涌向城市，最后仍不免潮水般地退返乡村，在不断的潮汐往返之间，劳动者角色遂时时得以替换，且得继续替换下去。乡村中最精锐的力量、最强壮的血液补给了城市，由是，城市永远年轻。

为什么农民不可以一次性地选择城市呢？为什么出发点总是成为终点？我不禁想起英国历史上的"圈地运动"，如果设法减少或避免原始资本积累的残酷性，大家不就可以不分彼此高高兴兴地变"羊"了吗？现代牧场不是近代英国式所可比拟的，它应当宽广和平到没有边际……

说到牧场，文章就该收梢了。纠缠的社会问题，如何是我可以数说明白的呢？以我的能力，实在是只配弄风月一类文字的。比如故乡，便是很好的题材，只是即今写来，笔底总得沾带一些耳目所及的不如意的事情，不复有"静夜思"般的清怨。我已经自觉，精神还乡是一种奢侈；而表同情于离乡，也不过"忏悔贵族"的心情罢了。除了这些近乎无聊的话，我不知道，到底还能说些什么。

1990年

小　屋

　　去年，小妹几次捎话，说我乡居时的屋子太破旧了，须得拆下来重建。我延宕着没有答应。大约是同自己的生命多少生了些干系的缘故，旧物于我总有几分眷恋，不忍舍弃。旧家亦如此。但是，若以此作为拒绝的理由，又未免太迂阔了，只好推说没有闲钱，等将来再说。

　　想不到小妹表示要承担所有的费用，于是没有了退路。春节过后不久，忽然听得她在电话里说，屋子即将完工，要我携同妇孺一起赶回乡下做"入伙"——那是一种颇类城市大厦落成典礼一样的仪式。

　　待进了新居，才错愕地发现：我已经不是住在自己的家里了！

　　小屋原来是父亲为村人看病的地方。当我结束了学生时代，开始度农人的生涯时，父亲便将自己的床褥搬到老屋里去，特意把它腾出来，作为我的书房和寝室。这是一个不足十平方米的平房，因为低矮，每临夏日就像蒸笼一般燠热。而今，地方是扩大了许多，且不复是传统的用料和结构，俨然阔人的乡间别墅式的小洋楼。

先前，小屋砌的是泥砖墙。砖块直接来自田间的泥土，厚重而粗糙；砖面上，常常镶嵌着谷粒、稻草根、石子和陶片，无异于天然的图饰。砌料也用泥土，加水，加细沙而已。那是极其简单和谐的组合，令我想起古代哲人关于宇宙基本元素的天才猜测，直至奇妙无比的炼金术。这是一种贫困的美学。真正的美学是素朴的。至于屋瓦，一样用泥土烧制。泥土亦刚亦柔，刚能抵风雨，柔能长青青的瓦菲。大雨来时，瓦顶叮叮当当，是最粗犷有力的敲打乐；若是细雨，则幽幽作满耳弦声了。门窗一律木质。木质甚好。唯有木质能与泥土的质性相一致。然而，即今无论大门小门都已废弃，换成带有狮面门环的铁门，再也无从寻认父亲当年留下的手泽了。窗子也改作了合金玻璃的，外面装设铁条，且焊成网状。环顾间，我的眼睛乃有火灼般的刺痛。此刻，我憎恨钢铁。

其实，城堡是整个地陷落的。

我不承认在精神之外还存在单纯的物质形式。即如小屋，便贮藏着我的全部生活：梦想、激情和难言的创痛。而我，唯依凭这毗连了许多一如它简陋、矮小的泥屋子，才领受到了中国乡村母亲般的慈爱与温暖；而且因为这母爱，才能像一个守夜者那样，在偏僻而黑暗的角落守护个人的信仰。一旦告离小屋，我便失去了所有这些生活中的经验。曾经拥有的经验同现实中的经验是很不相同的。但是，如果只是深闭了一个生活的记忆在小屋里，那么它是否以原来的面貌而存留，于我又有什么意义？

永远的小屋！

在狂流汹涌的年月，它是船，曾经载我在风浪里冲撞过一些时；当我受伤而深感痛楚的时候，它成为岛屿，教我停泊，安憩，沉思周遭发生的一切……

在小屋里，我抄写革命的圣经，大字报，阅读红色文件，各种的战报和传单……鲜红的袖章，在灯晕的映衬下显得多么的庄严而美丽啊！我承认，我斗争过，像许许多多激进的青年那样；虽然幼稚、轻信，盲从，为人所利用，但是生活会校正那许多被指为愚蠢和荒谬的行为。我不止一次嘲笑自己，为命运而悲叹，却至今未敢放弃曾经作为一个革命信徒的关于社会改造的虔诚的愿望。不要说马克思和毛泽东，即便后来阅读葛兰西和卢森堡，卢卡契和哈贝马斯，吉拉斯和哈维尔，都会使我随时回到从前的小屋。

那时候，小屋四周挤拥着竹帽、镰刀和秧桶、打补丁的衣裤、书、塑料雨衣，还有用大人旧衣撕剪了做成的小孩的尿片。我过早地做了父亲。生活的艰难与凶险简直来不及预想便骤然而至。

白天，我像一头壮健的牯牛一样劳动，夜晚，则像奔赴致命的火焰而在灯罩外壁丁丁撞击的虫蛾一样，不倦地阅读和工作。其间，有一门日课是一定得做的，就是到队部里去评定和核对工分。我必须重视工分。那是农民生命的全部，虽然贱，得凑够十个劳动日才买得起一斤肉；以今天的物价折算，仅好换一根冰棍而已，我全部的经济学知识就建立在这上面。当时，局面的严峻可想而知，尤其在遭到"革命"的报复以后；如果不寻找别的出路，家里随时有着断炊的可能。

好在父亲在做定"现行反革命"之前，给妻买了一部老旧的缝纫机；这时正好用它替村人缝制衣服，借以维持生计。唧唧复唧唧。从此，小屋子便多出了一种经年累月断断续续的叹息似的声音。我随父亲多年，习得一点岐黄之术，将平日用的书桌做了诊台；两三年后，居然也就成了大队当局恩许的乡间医生，可以公开为村人看病了。

对于中医这门半巫半医的科学，其实我并无兴趣，只是出于谋生的一种权宜的考虑。当父老乡亲为疾病所击倒，呻吟着向我求救的时候，我并没有能够给他们以必需的技术。回想起来，除了抱愧，又能做些什么，可以弥补从前的罪愆？而他们，却以天性的淳良、温存和感激，以贫困，以无边的疾苦、忍耐力、满含希望的挣扎，以许许多多惊心动魄然而平淡无奇的故事，感动我一生！

做了医生以后，在乡间的地位就稳固许多了；至少，公社下来巡察的官员，不再用一贯的不祥的眼光看我。我曾经不止一次地对自己说："要是一生能平稳地做一个农民，就是最大的幸福了！"殊不料，所谓幸福，它的降临是如此容易。多年以后，我才看得明白：革命与反革命，荣誉与耻辱，幸福与苦难，原来都在掌权者的一点头与一挥手之间。

地位一旦获得改善，人就变得容易同现实妥协了。那时，许多在"文化大革命"中覆没的刊物渐次露出水面；对于一直迷恋文字的我来说，这无异于神话中水妖的诱惑。不久，我的组诗便排印成了铅字，头一次进入省城刊物。仅仅是梦幻的一闪烁，接着，两篇已获刊用通知的文稿，便因"政审"问题而被编辑部先后退了回来。"大道如青天，我独不得出。"发表作品的权利被剥夺了。其实，无论何种气候，都不需要徒有帮闲之志的奴才表达所谓的"第二种忠诚"。

我再次经受了一个"精神弃儿"的苦痛。

我开始怀疑革命。后来我想，真正懂得革命的，往往不是它的敌人，或者坚定分子，而是信仰它，服膺它，为它奔走呼号，甚至出生入死，而最终为它所抛弃的人。

大约一个人，也只有在无路可走时才可能回到他自身去的吧？我为自己背叛了土地和人民，一度忘情于虚假的歌颂而感到羞惭、屈辱和难过。我凝视黑暗，努力看清神圣的因而多少显得有点神秘的事物。过去多少遍阅读鲁迅，直到这时，才觉得读懂了《夜颂》，以及他的那许多写于深夜里的篇章；直到这时，才感受到了某种欲望，从来未有过的欲望：诅咒，控告，抗辩……我知道，它们乃来自我体内最深最黑暗的地方。

一天，我请来一位农场的木工朋友，为我的书桌制作一道可供藏匿的夹层，置于桌面与抽屉之间。从此，每临夜静，只要写满一页纸，就悄悄地放进夹层里去……

如果说"雪夜闭门读禁书"是一种快意，那么，深夜闭门写禁书则使人感觉紧张，感觉到一种力，仿佛四周的砖块也都同时有着粗重的呼吸。就这样，我写了一部书稿，一首未完的长诗，十一篇论文；而青春，也就随之暗暗地流走了……

是一个早晨，夜雾未尽，我告别了栖居多年的小屋。

回想远别的因由，除了生活的窘迫，大都市的毋庸置疑的存在仍然是主要的。大都市有博物馆、图书馆、沙龙、现代出版物，凡这些，都只能是小屋里的梦想。20世纪70年代末的春天气息特别浓郁。我多么渴望在一个宽阔自由的现代生活空间里，开拓出一片属于自己的文学的疆土。然而事实上，对于写作者来说，最大的自由，仍然存在于想象之中。陷入大都市以后，反倒愈来愈清楚地发见，我失去的反倒比获得的要多得多了。

就说小屋，它教我勤劳、淳朴、恪守清贫；正是在那里，我学会了抵制，从圣谕、漫天而来的谎话，直到内心的恐惧；

在那里，我雄心勃勃又小心翼翼地缔造生活，而从来未曾想到炫耀和挥霍。价值这东西，它是只有通过过去的经验才得以确定下来的，因此我知道，什么是世界上弥足珍重的部分；然而，正是这个部分，眼见它在都市的碾盘中一点一点地粉碎，消失，意欲阻挡而无能为力。想起小屋，就不由得想起都德笔下的磨坊，和那干瘪的戈里叶老板。蒸汽磨粉厂的建成使他变得如同疯子一般。这个背时鬼，不管他怎样极力赞美风力磨坊，人们仍然不理睬他，一样扛着麦袋往厂里跑；又不管他见到麦子时是怎样的号啕大哭，也不会使众人感动。麦子是麦子，磨坊是磨坊。风磨的时代毕竟一去不复返了！

1996年4-5月

油 灯

当木叶尽脱，寒霜骤降，或当朔风怒吼，雨雪霏霏，只须
一壶酒，一袭裘，便可浑然忘却季候的严冷。可是，有一种寒
意是无法抵御的，人谓孤独，谓寂寞，谓流浪的感觉。这时，
我常常迷失于一个迷茫的梦境：荧荧的油灯光。

少时，家用的油灯是一只小瓦碟，注满了油，外挑一条灯芯，
当是"剔开红焰救飞蛾"的那一种。后来换了玻璃做的，且备
灯罩，铁制的灯头宛如古代武士的头盔，很威武的样子，但灯
光依然十分柔和。每天晚上，我都靠了这柔光和母亲的抚摩入睡。
天亮前醒来，母亲到厨房忙活去了，只要瞄见这灯光，犹自觉
得留在她怀里，在歌谣里一片盛放的韭菜花间……
大约五六岁光景，我便随同父亲一起到他给人看病的小屋
子里睡觉。油灯就放置在大柜台上。借着那灯光，我写字，画画，
折纸鹤，用火柴匣子制造卡车，放一种自制的幻灯片子。油灯

的周围，总少不了一圈黧黑的脸，土墙般布满裂纹的脸，愁苦然而快活的脸；屋子里漫溢着土烟叶呛人的气味⋯⋯而今，脸面都模糊不清了，那些父执辈大概早已经相继谢世了罢？

高小时，我曾经用墨水瓶做过一种油灯：灯头是一枚铜钱，灯芯和灯罩便用纸做，纸罩子足有一尺多高，为防风，用指甲掐了个小圆孔。兴许是自家创制的缘故，常常擎着它上夜自修去。后来进城念书，受了电灯的光明的蛊惑，放假回来便改用一种形体较大的油灯了。这种灯叫"笋灯"。在村子里，普通农家是不肯买它使用的，原因是太费油。就在这明亮得颇有几分奢侈的灯光下，我读《楚辞》，读《野草》，读《多余的话》；也读《太阳城》，读《波拿巴的雾月十八日》《草叶集》《林肯传》⋯⋯目睹了许许多多书里的幻想与真实的奇观。而这些，都不是从事农作的人们所知道的。

农人像牛一般地终日埋首于田地。要是大忙时节，天未明就出工了，直到雾霭深垂，才望着村寨的灯火归来。这时，遍身油垢的小灯，便在屋角里静静地迎候它的主人，以柔弱的光辉，替他们洗去一天的劳倦；目送他们走近乌黑的饭桌，在米饭、薯芋和菜汤的蒸腾的雾气里，在绕膝的儿女的喧闹声中，演出一天最辉煌的喜剧；然后，照护他们一个个进入梦乡，如同照护猪圈、鸡埘、牛栏和谷围子⋯⋯还有一种专供户外使用的油灯，不同的样式，却一律用玻璃镶嵌，密不透风。这便是风灯，村里人叫作

"马尾灯"。在手电尚未普及的时候，它们每晚伴随农夫巡田，喂牲口，或是串门儿。鸡鸣时分，农妇到村边汲水，它们便安静地并立井湄，听亲热的对话、谑笑和吊桶的有节奏的叮咚声……

灯光荧荧，化出化入，就这样把乡村的夜与昼接连起来，不使沉入黑暗。

四年前，家乡一带开始用电了。由于供电不足和电费昂贵，农户仍然没有废弃油灯。于是，在粗糙的掌上，桌上，墙壁上，照样传递着祖祖辈辈的余辉，恍如祥和、古老的大灵魂，笼庇了一切……

"灯火"一词，本缘油灯而来，今用以泛指一切华美炫耀的现代灯具，实在很不相宜。唯有油灯才有火的光。前后三十年间，我正是从可亲近的灯焰中，感觉到了它恒在的温暖。而今，居此大都市，不管对油灯怀有何等的眷恋，都不得不同众邻居一样使用电灯了，正如日中必得做宽泛的笑容，写规矩的文章一样。

时代日渐昌明，对于故乡，我何敢祷祝它继续使用简朴、老旧的油灯呢？唯愿自家往日点燃过的一盏，能够存留而已。

每年清明归去，我都把它重新拿起来擦拭一次，剔净灯芯，灌足煤油，让土黄色的光辉盈满一屋子。然而，在长久的端详中，我暗暗发见：那灯光，确乎比去年又黯淡许多了！

1992年春节

清　明

　　因为一群亡魂的唤引，我同众兄弟，一年一度，重逢在坟
冢累累的荒原之上。

　　其实，春节过后几天，我便想起了扫墓的事情，并因此时
时忆及故去十年的父亲。等到在故乡的山道上辗转，看见两旁
丛集的土丘，坟前瑟瑟的白纸、红烛、飞扬的纸灰，满耳毕毕
剥剥的爆竹的钝响，许多往事飘向眼前，心情乃不胜其沉坠。
少时，父亲教我念过唐人的清明诗，如今雨是依旧纷纷地下，
即使有酒，也只好浇给黄土了。祭扫完毕，我倚着松树，对着
父亲生前多次盘坐过的一块空地凝望良久。芳草萋萋，哪儿可
以寻见父亲的足印？当年的宿草已枯，眼前的新叶，他又何由
触得呢！
　　我不能不以春天的滋荣为残酷。

原想，清明时节，当是通过强制性记忆，让生者从形而上的死亡形态中感知逝者的存在；然而，周围的人们并不见任何伤逝的表示。满山遍野，男男女女，如同赶圩一般，一路喧呼。上坟于他们已然成为一种程式。当我在寻找着体味着这个传统节日的原始的意义时，他们却是借了纪念的形式，注入与自己当下的生活息息相关的内容了。

翻过一个土坡，不远处，望见一对夫妇模样的人在坟前摆弄香烛；那妇人背着一个孩子，脚下还有两个小儿女在蹲着玩。

——噢，你是士东？

当我努力记起那男子的名字时，一时兴奋，几乎喊了起来。

——是呀！

——狗锁呢？他没有回来么？

——他不在快一年了……

往下我什么也听不见，只有心跳怦怦的响声。

狗锁住村北，我住村南，因为曾经在桥梁工地上一块抬过石头，所以偶有来往。他自小失了父母，兄弟三人相依为活。大哥阿晓，不满四十岁病殁，一生没有结婚。因为长得丑，连村里的小姑娘也常常拿他取笑，互相奚落时便说："你嫁阿晓！"狗锁排行第二，为人和善，聪明，笑起来带几分狡黠。他十多岁就跟别人学会饲养牲口的行当，因此渐渐有点小积蓄，终于可以像人家一样娶妻生子了。前年清明恰巧碰见他，他说他近些年到外地打工去了，收入还不错，算是老天爷赏脸。说完便笑，至今我还能真切地记得他那笑时故意把嘴角翘起来的夸张样子。怎么想得到，一个如此强韧而活泼的人，会突然在这世上消失了！

堂兄告诉我说，狗锁死时，妻子正当孕期。村里的长者动了恻隐之心，都上门劝说士东跟嫂子凑合过夫妻日子。他们说，一旦让嫂子携了侄儿改嫁出外，他家的香火就断了！

士东还没有长成呢——

据说，他依从了。

人生如此险恶，村人哪里来的余裕，可供他们沉溺于过往的缅怀？被知识者指为迷信的种种，例如清明的祭拜，其实多是出于对温饱的祈求，离幸福还差得远。

我们村子穷，不像城市或侨乡那样，把墓田修葺得像公园一般。但是，由长者出面，用了摊派的手段，居然也集资建得一座颇气派的庙堂。用自己的双手打倒了菩萨，几十年后，再用自己的双手把它们扶将起来。道路废弛，桥梁坍毁，全村连一间像样的公厕也没有，怎么会为几个泥塑木雕而大兴土木呢？对此，我不止一次感叹村人的愚昧。然而今日，我唯有无言。

每年归来，必闻说一批老人故世。走在村前的大路上，忆及从此不复出现的许多熟悉的身影，直如梦寐一般。村头的一棵老榕，屡遭虫蛀雷殛而不凋，年前终于倒了下来，仿佛执意跟随一代老人隐去似的。塘前的竹林已毁，再也听不到栖居的黄鹤嘎嘎的喋鸣。旁边，原来长着一株苦楝树，在悠长的年月里，一直为我装点门前的风景，而今竟也不见了。我多么想念那开了满树的淡紫色小花，苦涩的芳香，南风来时便盈满了小土屋。华年似水。转眼间，我们便都苍老了。当日的玩伴，除了鳏夫，大多做了四五个孩子的父亲。他们把成年和未成年的儿子打发出了远门，出卖多余的力气，留自己看守贫困的田园和年迈的父母。他们渴望获取，然而更害怕失去。只两年，小小村子，就有三个外出的少年死于车祸。除了一个索要了几千元的赔金，其余两个就像野狗子一般就地给埋了。见面时，我同众兄弟忘情地呼着小名，彼此抓住双手用力拉拽，扳过胳膊端详……一张张脸上，刀刻一般的皱纹，常常在眼前幻成一片密网，教我看得惊惧！村里买来的年轻媳妇，自然一个也不认得，更不消说儿童了。遇见我回来，或者围拢过来，或者远远地站定，他们必定拿了诧异的眼光看我。这时，我不禁想，我在演着唐人用带韵的语言写就的离家的谐谑剧呢！

　　傍晚。雨依旧纷纷地下，天色愈加阴晦。我在家里备了酒菜，特意邀了四五个往日的伙伴前来聚首。这些中年汉子，嘴唇沾了酒气，话就多了起来。可是，不管说得如何粗鲁、快活、风趣，话里总有一种深隐的忧愁。有谁说着说着，泪水便无声地流了下来。没有酒的清明不是清明。酒是神圣之物，它把人强压在心底的东西都给翻了出来，让人暂且减去许多苦痛。我不善饮。我只能一个一个地轮番给他们倒酒，听他们动情地说话……

在城里，什么时候有过如此倾心的言说与聆听？这个地方！一代一代，生生死死，艰难养育了这许多生命！然而，你却成了背弃者！

无论言说或聆听，于大地的背弃者有什么意义呢？

我突然感觉无比的孤独。在故乡，在众兄弟中间，我不过是一个寻梦者，一个过客，一个完完全全的陌路人。

1995年5月1日

沉痛的告别

　　前天，接到谢绍祯老师长子建新的电话，告知他父亲病逝的消息。几天来，我陷入追忆、痛惜、困惑与愧疚的纠缠之中。起初，自觉还算理性，克制，直到师母凤卿姐接电话时，我才突然痛哭失声，许久不能言语。

　　谢老师与我之间，远非一般的师生情谊。他是我的文学的引路人，职业生涯中的首任教练；不过，我更看重他把我视同家人的那份情感。我把它珍藏心底，陪我以往，且陪我未来的人生。

　　流年似水。半个世纪就这么倏忽过去了。

　　入读镇上中学时，我十一岁。私塾教师出身的父亲从来重视读书，得知谢老师在教育界的名气，便约同了谢老师舅父，带我一起到中学教师宿舍里寻访他。我被领到书桌跟前，谢老师蹲了下来，拉着我的手，问一些学习上的事情，让我感到亲切。

父亲临走时，把我托付给他，从此，我便成了他的"私淑弟子"。

那时，"反右"运动刚过。谢老师是校里的"右派分子"，平时是受管制的，除了授课，还常常外出劳动。我父亲只晓得他有学问，对于政治可以说一无所知；而我更是幼稚，在众多师生疏远他的时候，课余只要有闲空，就往他的宿舍里跑。

谢老师在课堂上不能讲说语文课，教的是历史、地理、植物、体育，我们称为"杂科"。他重视知识的会通，往往在单一科目里融入别科的内容，其中，特别喜欢把他擅长的文史知识发挥出来。他讲中国历史，如讲到淝水之战，便把"风声鹤唳""投鞭断流"等成语典故带了进去；讲佛教东来的盛况，便举唐诗"南朝四百八十寺，多少楼台烟雨中"；讲宋朝廷偏安一隅，便举宋诗"暖风薰得游人醉，直把杭州作汴州"。讲中国地理，讲到长江三峡水流湍急，便顺带说了黄牛峡，念乐府《黄牛谣》："朝发黄牛，暮宿黄牛；三朝三暮，黄牛如故。"上植物课时，讲到花的用途，随即引用龚自珍的诗："落红不是无情物，化作春泥更护花。"总之是诗化教育，旁征博引，娓娓道来，既生动贴切，又富有情调，易于记忆。他板书的课文提纲，简明之极，字又漂亮。他还喜欢画图，地图固不待言，其他与课文有关的事物，也往往随兴画出，寥寥几笔，形神毕肖，很有点炫技的味道。

谢老师对我的教育比较特殊。我在他那里所获取的，更多的不是来自课堂，而是课后的启迪。他教我从文学史入手，自由选择经典作品阅读。这样，我很幸运地早早与大师相遇，得以领略世界上最伟大的灵魂之美，领略艺术语言的无穷魅力。他教我掌握学习的方法，讲"目录学"，讲归纳法和演绎法，让我在阅读中加强训练，反复实验，以提高自学的能力。有一次，我在他家的书架上发现一本缺了封皮的随笔集子，其中提到胡适主张的"克读法"，便提出来讨论。他鼓励我按此法要求自己，刻苦攻读。那时年少，心高气浮，一意览尽天下书，果然以一天一书的速度阅读，一直坚持到高中毕业。我到省城工作后，所读基本是西方的社科书，而文学书，几乎都是在中学时代阅读的。

三个学期过后，谢老师调离了小镇。他给我留下一个迷人的文学之梦，诱我追逐不舍。

高中是在县城念的，从此，我便成了谢老师家中的常客。在这里，我感到非常愉快。那时，我学习写点诗文之类，很得谢老师赞赏，他还很夸张地把我的习作介绍给来访的客人，满足了我的虚荣心，给我很大的鼓舞。谢老师常称他的小客厅为"斗室"，把常来的访客称为"斗室中人"。姚维幸、林贤道老师是我最常见到的两位，当他们聚到一起谈诗论文的时候，其状可谓忘情，气氛真是"人文"极了。我耽迷于这气氛，我猜想，这种沙龙般的氛围当是小城中少有的罢。

1962年之后，"阶级斗争"的形势日趋严峻。本来，谢老师已被宣布"摘帽"，但"摘帽右派"也是"右派"，在校无端挨整的事情时有所闻。他遇事似乎并不回避我，在我面前，也能作不平之鸣。"四清"运动时，学校宿舍搬迁，我暂住谢老师家里。因同学告密，团支部书记领俄语老师进屋收缴我写的三个册子。工作队批判我时，必联系谢老师，要我在"思想汇报"中交代谢老师如何将我引向"成名成家"的"白专"道路。据谢老师说，学校整他的时候，也会把我作为例子，充当他进行"资产阶级教育"的实证。

我毕业回乡后，"文革"勃兴。这时，师生两人都是批斗的对象。共同的命运使我更好地了解他，同情他，敬重他，加深了多年的情谊。那时，谢老师工资很低，凤卿姐做搬运工出卖苦力，膝下育有好几个儿女，生活相当艰难。但是，于贫贱之中，我感觉他们一家是相融的，日常生活是平和的。

在寒意砭骨的境地里，我常常有"茫茫天地欲何之"之感。唯在谢老师的"斗室"里，见到他从学校或"牛棚""干校"回来的时候，我才能找到所需要的某种温暖。即使在这时，师生在一起，谈说文学仍多于世事，但当进入文学之后，就把世事的艰险统统抛诸脑后了。

有一个风雨之夜，师生谈兴甚浓，一直对坐到鸡声四起，曙色遥临。这个夜晚给我们同时留下很深的记忆。过些天，他写了三首五律赠我，以纪其事。直到多年以后，他还在赠我的诗中提到这个夜晚：

谢绍祯与作者

一灯秋雨忆风年，剩沫相濡影亦怜。

话到鸡鸣天破晓，方知佳朕兆当前。

他用了庄子的"相濡以沫"的寓言，一者说的是师生乃知己之交，二者也说环境的险恶。诗中说的"佳朕"，是说我们当时都寄希望于"文革"结束，有呼吸自由的日子。

20世纪70年代后期，"文革"结束了。

谢老师的"右派"帽子被彻底拿掉了，他开始了扬眉吐气的日子：出版所编《阳江方言注音字汇》，到教师进修学校做教师的教师，首次参加公开的诗词集会及书法活动，个人书法作品在国内外参展并获奖……我几次进城看他，见"斗室"敞开，有了许多我不认识的陌生的宾客。谢老师坐在众人中间，谈锋健极，神采奕奕。有时，也见凤卿姐站在旁侧，脸上露出灿烂的笑靥。这时，孩子们都已经长大了，有了称心的工作。这是我所看到的这个家庭的黄金时期。

1981年秋，我调至省城从事编辑工作。谢老师闻讯十分高兴，有诗为我送行：

> 天海苍茫鼓翼飞，披霜况是菊花时。
> 云山青眼应惊拭，待看摇风客袖诗。

> 星华纷簇五羊城，初识林郎步履声。
> 好向珠流蘸花笔，万波秋碧荡红英。

> 古城风貌国光多，南粤天高好放歌。
> 身到楼端双眼阔，望中花锦画如何？

> 须借清江洗旧肠，龙门高处矗朝阳。
> 何妨立瘦梅边雪，得坐春风影亦香。

> 撷得重阳雨后花，囊诗应见满归车。

前宵待扫窗西榻，剪烛留君好梦赊。

从诗里可以看到作为师长对学生的一片期许。谢老师是大才子，学问都属"国学"，观念中有许多传统的东西。他希望我做一个文学家，至于文学家的人格及思想结构，他未曾谈及；他希望我写出"伟大"的作品，同样地，对构成"伟大"的要素，也未曾向我谈起过。他一直强调写作跟随时势，担心我越轨。我发现，20年的"右派"生活，在他内心深处，留下太深的阴影。他被劫夺太多，因此害怕回顾，唯望眼前永远是一派阳光。

后来，谢老师做了本市的诗词、楹联、书法诸协会的领衔人物。于是，他有了不时到省城开会的机会。每次来穗，都会约我茶叙，席间总见到他意气风发，神采飞扬。据说他的名片印有十多个头衔，我不曾见过，说明他的社会地位今非昔比，但因此，社会活动必然大幅增加；更何况荣升市政协常委之后，又要多出许多会议，以及同当地官员的频繁往来。

谢老师是一个天赋很高的人，文史及文字学方面修养深厚。在我看来，在他获得相对宽松的环境条件之后，恢复书生本色，应当有大作为的。我是服膺"新文化"的人，对于今人写作旧诗词，一直怀有成见。为此，我曾与谢老师讨论过，争辩过。我总认为，谢老师应把吟诗作赋当成余事，而把具有一定学术含量的"正事"做出来。他曾经有过以一人之力完成一部大字典的宏大构想，全书体例都做出来了，还写了样章。他寄我看过，比较别的字典，确实颇多创意，便随即在出版社里申报了年度选题。然而，三年过去，选题连续报过三次，字典的编撰工作却毫无进展。他根本腾不出时间做计划中的事。为此，我曾劝他减少外出开会活动，多留一点时间给自己。他哪里听得进去，总是以"身不由己"的理由为自己辩解。我又建议他做古典文学的普及工作，譬如白话注释和解说唐诗宋词之类，以他的修养、文字、识见，完全可以胜任；而且，这些工作对青年、对社会当更有益。他有所动心，无奈那结果，还是"身不由己"。

我知道我代拟的所有计划都属徒劳，不得已而求其次，因而想，即便是诗词写作，我也仍然希望谢老师珍惜过往几十年的艰辛的人生经验，写出有风骨的作品。于是，特意买了三本《陈寅恪诗集》寄出，敬赠给他，并分赠给另外两位和他一同酬唱的老师。

我总是希望谢老师最大限度地发挥他固有的光和热，然而，他太浪费自己了！

2000年左右，母亲病重住院，我曾返江城小住。其间，看望过谢老师两次，一次在医院，一次在老家，我熟悉的北门街26号。这时，孩子们都已移居他处，凤卿姐也已离开，在女儿家长住。我极力搜寻屋中熟悉的物事，感受时间的迁流，以及由它带来的一种深长的寂寞的气息。

这次来访，座中还有两三位客人，其中一位是当地画报的女记者。谢老师告诉我，他打算编一本个人作品集，在当地印制，嘱我撰写评论。返广州后，我去信给他，希望他不要急于成书，待三几年后，各方面条件成熟，争取在出版社公开出版。

他听不进我的意见，书不多久就印出来了。后来得知，他是为了庆祝阳江市成为"诗词之市"大型集会的召开而赶制出来的。

我收到他寄赠的《作品选》，拜阅之下，新旧文学并陈，未免驳杂。所谓"风雅颂"，颂诗多而风雅少。其中，使我最不满意的是，书前合影品题的篇幅过大。我希望见到的是一个"布衣文本"，及阅后，不禁感到为难，不知应当如何表达我的观感。如此踌躇了十余日，不得已，终于拨通谢老师的电话。显然，他对我的迟迟回应深为不满，待我刚刚说起书前的影页时，竟盛怒难禁。这使我感到非常意外。

对话中断了。

这样的情形，是师生之间从来不曾发生过的。

此后，我还曾两次在广州见到谢老师，执弟子礼一如从前。而他仍然不忘提及评论，表示深切的期待。我写下的书不下数百万字，而小小评论，居然无力完成！"吾爱吾师。"谢老师却不能理解，其他人更不可能理解。但是，无论如何，我的拒绝，严重地伤害了他的自尊心；他对我的期待愈高，愈让他感到失望。

小小评论，竟阻绝了我们之间的往来。如今有何话说？一切原则都无需理论，一切补救都无可挽回，一切的一切都来不及了！

　　谢老师，安息吧！

2015年5月25日

追忆与怀想

中学时代，很幸运遇到两位老师：一位是谢绍祯老师，他为我叩开文学的大门；另一位是梁永曦老师，却导引着不同的方向，在他那里，政治是先于文学的。在一个指鹿为马的时代里，是他教我学会思考，懂得真理的价值和风险。

两位老师都是"右派"。当时，无论在校内还是校外，"右派"都被视为可怕的异类。

语文课

很早以前，就听到在城里念书的大同学说起梁老师了。

那时，我们对有学问的老师特别抱好感，有点崇拜的味道。大同学说，梁老师原是县一中的教导主任，教学、演讲很有吸引力，像个大人物。做了"右派"之后，他被安排打扫厕所，后来派到图书馆做管理员，不卑不亢，仍然像个大人物。凡经梁老师打扫过的厕所，馒头丢到地板上，捡起来就可以入口；

图书馆的卡片管理制度是在他手中完善的，几万张卡片全由他一个人用工整的小楷抄写。梁老师为人严肃，平日沉静少言，开会时喜欢坐在角落里，讨论时不轻易表态。若是主持人点名要他发言，他才缓缓起立，说：我赞成某某的意见，然后坐下。简洁极了。

我入读县一中时，学校追求"升学率"，梁老师已被重新起用，担任高中毕业班的语文教学。我坐的是"末班车"，听课只有半个学期，之后，他就给"四清"工作组撵下讲台了。——语文课原本是意识形态教科书，怎么能让"右派"染指呢！

比起别的教师，梁老师授课确是有些特别的。我猜度，他并没有遵照"教学大纲"的规定去做，时文的讲授进度偏快，把两篇论文——其中一篇是毛泽东撰写的著名社论《〈文汇报〉的资产阶级方向应当批判》——合并到一节课里来讲授，很明显压缩了课时；可是对古文的解说却是相当详细，除古汉语知识之外，特别着重"人民性"的内容。当他讲《蹇叔哭师》，朗读蹇叔哭说等待收拾率队出征的儿子的尸骨时，声音微颤，全班同学为之动容。

印象中，梁老师是一个谨言慎行的人，课堂上却鼓励学生自由提问，大胆发言。其他老师都喜欢搞"标准答案"，而他，是不讲求"统一"的。有一次，讲到恩格斯在马克思的墓前演说，他布置划分课文段落，一连提问了几个人，然后给出他的答案。这时，我举手发言，提出另一种分段法。他随即加以肯定，并解释说，他的划分侧重在马克思思想遗产的阐述，我则着眼于恩格斯特定情感的表达，所以两种划分都有理由成立。完了，还进一步引申说，视角不同，看问题的结果就会有不同，只要言之成理，不同的意见可以并存，正确的不一定是唯一的。

不久，梁老师应命到初中部教英语和数学去了。我嗒然若丧，同学们都感到可惜，然而无可奈何。

随后，学校召开大会对我进行思想批判，从此我再也不能像从前一样，可以自由地到教师宿舍里私会梁老师了。在批判会的当天，有同学告诉我说，梁老师一直在会场边上远远站着，低头无语，一副难过的样子。为此，我很是感念他。

课外课

毕业回乡务农，终日劳作，与世隔绝。

一天，梁老师突然到访。原来，他是跟随全县中学师生到漠西水利工地参加劳动来的。当他打听到工地离我所在的村子仅七八里路，便放下行李，径直寻上门来了。我弄不清楚如许的热情从何而来，而今寻思起来，觉得他太寂寞，长期的压抑需要找寻一个倾吐的出口；或者，也可能怀有一种近于传教士一般神秘的使命，总之不仅出于师生情谊而已。

我留他吃过晚饭，在小屋里谈话到深夜，然后陪他踏月归去。从此，他每天晚饭后必到我的小屋里来，夜深才走。这样的来来往往持续了半个月左右，直到全体师生拔营回城"造反"才告结束。

梁老师每次进屋，坐下来就娓娓而谈，语调平缓，时露微笑，一改平日的作风。说话时，宽阔的前额下，一双深邃的眼睛定神看你，仿佛面对的是你深匿的灵魂。这样的谈话与授课无异，我偶尔插话，整个屋子只剩下一个缓慢而清晰的声音。

谈话很少涉及文学，几乎都同现实政治有关，谈历史也是谈政治，是一次政治启蒙。梁老师谈话很有技巧，也许并非出于技巧，而是习惯性地保持某种警惕，很多问题引而不发，引发开来也往往言在彼而意在此。他列举各种事象或观点，如果不注意找到联系的线索，是不容易得出结论来的。

那时，"文革""山雨欲来"，惊动朝野。他认为这是一场旨在清肃"老干部"和知识分子的运动。"文革"时有一句流行语叫作"相信党，相信群众"，他就重复解说"党"和"群众"这样两大政治要素。

20世纪60年代初，最高指示："工业学大庆，农业学大寨，全国学人民解放军。"至"文革"，国防部长林彪荣升"副统帅"，以军干政，甚至代政，全国军管，地位煊赫。梁老师说：全国成了大兵营，这是反常的。但他同时指出，军队代表权力，这又是最正常不过的事。他提到现代京剧《沙家浜》里胡传魁司令的一句台词"有枪便是草头王"，笑说：中国人就是迷信暴力，因为它是权力的重要来源。与此同时，他介绍了军队在西方民主国家中的地位和作用，还说到苏联1956年出兵匈牙利，以及赫鲁晓夫集团与军队将领结盟的种种事情。

作为一个文化符号，赫鲁晓夫在"文革"中代表"政治野心家"而臭名昭著。意外的是，梁老师对赫鲁晓夫做了正面的评价。他对"第二国际"的几位领袖，以及后来的陶里亚蒂等似乎也颇有好感。对于西方的社会民主党，被称为"西马"的一些离经叛道的理论，他是欣赏的。

有关个人崇拜问题，梁老师谈得比较多。虽然那时，社会未及形成"红海洋"的场面，没有后来的"早请示晚汇报"的一套，他已经明显察觉到了未来的局势。从中共"一大"，到"七大""八大"，他大谈党史，乃及于"毛泽东思想"的词源考，《东方红》的演变史，等等。他要告诉我的是，许多历史真相被遮蔽了，需要用鲁迅推介的"推背图"的方法重新翻过来看。作为参照，他常常扯上国际共运史和苏联党史，多次谈到"民主集中制"问题。对于这个溯源于列宁的原则，他的解说是："民主"与"集中"，看起来是辩证的，实践起来是目的论的；"民主"是为了"集中"，而且最后也必然趋于"集中"。

谈到毛泽东，梁老师让我注意摄于延安窑洞书桌前的一张照片，说旁边堆放的书籍中，有一本就是《资治通鉴》。他特别强调毛泽东思想的本土资源。记得有一次谈话，他先背了一条关于"政策和策略是党的生命"的语录，然后说，毛泽东不但是战略家，而且是策略家，是高超的斗争艺术使毛泽东在历次斗争中"战无不胜"。他讲毛泽东如何善于使用"阳谋"，列举了多个有关引蛇出洞、声东击西、各个击破、集中力量打击主要敌人等策略的例子。记得他还曾引用毛泽东的一句诗："无限风光在险峰"，说毛泽东喜欢"险"，"险"在大师级人物那里是好玩的。

谈到党内的"残酷斗争，无情打击"，梁老师感慨颇深。事实上，他就是在斗争中被抛弃的众多牺牲者之一。他从苏区打AB团说起，到延安的"抢救运动"，中华人民共和国成立后的肃反、反右和"四清运动"，其中牵涉许多著名的事件和人物。他说到陈独秀的党籍问题，瞿秋白被留下打游击，刘志丹之死，高岗自杀，潘汉年下狱，张闻天和彭德怀为何被扭到一个"集团"里来批判，等等。对于这些人，他多抱尊重和同情的态度。他有一个说法，叫"消化上层"，认为社会上许多的所谓"运动"，其实都是由此引起的。

随着"文革"的展开，报纸上领导人排序有变：陶铸升任中宣部长，跃居第四位，而刘少奇、邓小平已经降至七位之后。梁老师敏感于这种变化，预言他们都将被"打倒"。他引用了一句古谚："欲将取之，必先予之"，说：现在所以把陶铸的位置提前，是一种"政治障眼法"；对"文革"发动者来说，目的全在于麻痹"对方"，减小运动阻力。所言很快得到事实的验证，预见之准确，简直令人不敢置信。

梁老师旁征博引，种种知识来源，并不限于一般书籍。那

梁永曦,1950年摄于广州广东
省支前司令部

时候,他就已经向我介绍了列宁遗嘱;还明确指出,《联共(布)党史》是斯大林编造的。他说,职位不等于地位,权力不等于权威;职位可以随时撤换,权力可以轻易丧失,唯有建立权威地位才是稳固的。他同时解释说,这也就是为什么要神化领袖。毛泽东的著作,在他那里似乎也有一种"版本学"。他告诉我,像《新民主主义论》《在延安文艺座谈会上的讲话》,以及后来的《关于正确处理人民内部矛盾》和《在中国共产党全国宣传工作会议上的讲话》,后来都是做了修改的。像《讲话》,原来有"脱裤子""割尾巴"一类文字,出版《毛选》时删掉了。还告诉我,冯雪峰的《回忆鲁迅》,在重庆报纸发表时与1949年后出版的单行本并不完全相同,如此等等。在他那里,不但对历史人物有

定见，对于大的时代思潮、政治制度、社会运动，也都有相当完整的个人观点。

　　梁老师的谈话为我揭开眼罩，使我看清楚了历史和眼前的事物。我感到新异，激动中，伴随莫名的惊悸。所有这些观点，是真正"反潮流"的；在"文革"中，只要公开其中任何一个部分，都会被戴上"攻击"的罪名而足以致命。

　　关于他自己，梁老师谈得很少。他只说过1939年入党，后来脱党了，加入"民盟"；领导过学潮和地方起义，做过地下工作，解放海南岛前夕，曾同叶剑英等人一起吃过狗肉。当他说起这些的时候，大多是偶然涉及，轻描淡写，像是叙说别人的事情。至于"脱党"，他说是简单极了，过去搞地下工作都是单线联系的，只要找不到联系人，或者联系人不予承认，都有可能被视为脱离组织，甚至因此构成所谓的"历史问题"。为了组织而牺牲个人，他说，这样的例子颇不少。

在中国，梁老师一生的经历算是典型的。那一代古典共产党人，许多都是后来从自身和同伴的命运中觉悟到了革命的真谛。对此，顾准有一个经典的说法："从理想主义到经验主义。"

"文革"中

自梁老师走后，"文革"的烈火，很快从校园蔓延至社会。身为"右派"，不问而知是首批"牛鬼蛇神"，在打倒之列。后来听说梁老师随众被游斗过两回，没有伤及皮肉，是很可庆幸的。而我，受了政治的蛊惑，率先写了一张"炮轰"公社党委的大字报，用当时流行的语言来形容，正所谓"阶级敌人自动跳了出来"，结果被重重地"打倒在地"，且累及家父，实实在在"再踏上一只脚"。

家乡地处偏僻，交通不便，加上形势日趋恶化，到处武斗，几年没有出城。后来稍感安定，又有了自行车，这才有机会看望梁老师。

梁老师全家租住在一个用木板间隔起来的狭窄的廊间里，光线很暗。我坐下来，他就向我介绍房东的情况，暗示谈话不算太安全。这种对空间的敏感，使我想起他曾经从事地下斗争的历史。果然，他在自己家里说话，反而不如在我家时随意。有过两次，师生两人沿着环城河边的马路来来回回地边走边谈，走累了，就靠在水泥桥的栏杆上。

我向梁老师递交长诗《胜利酒》，希望听到他的批评意见。诗是写"文革"中两派"大联合"的，带有颂歌性质。再次见到梁老师，他把抄写长诗的册子还给我，打开看时，那上面用红笔勾画过好些地方，没有批语，也不留其他文字。谈到这首诗，梁老师没有直接批评，可是，对我的基本立场，诗的主题，显然是不以为然的。他恳切而又严肃地表示了如下意见：颂歌不是不可以写，要看歌颂的对象是什么。有两样东西值得歌颂：一个是人民，另一个是社会主义。又补充说，社会主义有两百多年历史，在世界上有许多种类，苏联式的只是其中一种；但无论如何，作为一种社会理想，歌颂它，同歌颂人民一样，是不会过时的。当时，个人崇拜达至高潮，"四个伟大"，"誓死捍卫"，政治噪音不绝于耳。正是在这个语境中，梁老师提出了一个"过时"与否的大问题。只是我这个学生过于鲁钝，没完全听进去，继续随风鼓噪。几年过后，尤其在接连摔跤以后，才真正体会到它的深刻性，并为之汗颜不已。

1968年，"军宣队"进村，把家父打成"现行反革命"，关押，揪斗，时间将近一年。1972年，又来了"工作组"，复制了同一故事。见到梁老师时，先前那种少年意气，早已消磨净尽。他窥知我的情绪，便说起了人生哲学。这是一门新的课程，过去未曾讲授过的。

他谈达尔文的进化论，谈"社会达尔文主义"，然后从社会转向个体。"适者生存"，他解析说，要改造社会必先适应社会；假使不能适应，尤其在政治方面不能适应，就势必被淘汰掉。说到人生，他大谈鲁迅的"韧战"思想。这时，我才晓得他对鲁迅的研读之深。他说，鲁迅主张"壕堑战"，不止一次反对许褚式的赤膊上阵；在解说鲁迅的杂文《世故三昧》之后，总结说，鲁迅是激进的，又是"世故"的。在他强调要学会保护自己时，也拿鲁迅做例子，说鲁迅在广州时期，处境险恶，却是左右逢源，极其不易。其中特别谈到那篇《魏晋风度与药及酒之关系》的演讲，一边说，一边笑着赞叹："睿智啊！"

大约在1970年，梁老师下放到县里最边远的一个渔村中学任教，全家随之西迁，城里的"根据地"没有了。数年之后，我才在县教育局临时安排的一个乱哄哄的教工宿舍里见到梁老师，时间非常短暂。

至于梁老师在"文革"中的一些事情，是同校任教的他的大儿子加尼告诉我的。

"文革"开始后，梁老师就常常告诫他的两个孩子说："要清清白白做人"，"要夹着尾巴做人"。他意识到"黑五类子女"在"文革"中的险恶处境。加尼在县二中读书，那时正展开对"资产阶级反动路线"（也称"刘邓路线"）的批判。加尼加入"造反派"，因为字写得好，专门负责抄写大字报。一天，当他正抄写得起劲的时候，梁老师把他叫到房间，压低嗓音，狠狠地骂了大半个钟头。加尼回忆说，父亲生气极了，反复说："政治是复杂的，哪里像你想的那么简单！"说到激愤处还拍桌子，最后说："你必须写大字报，声明退出战斗队！"还补充了一句，"不然就脱离父子关系！"

1966年底，梁老师动员加尼下乡当"知青"。加尼说，父亲到底出于何种考虑不得而知，当时只是对他说，在学校乱搞没什么意思，不如到农村去。他当然不愿意离开一个习惯了的集体，但是不得已，只好服从。轰轰烈烈的"上山下乡"运动发生在1968年，加尼下乡提前了两年；即使他随大伙留在学校，临到后来的大清洗式的运动也很难幸免。据加尼回忆，他下乡的两年，正是武斗渐趋激烈的时候，多间中学都有学生被打死打伤，他也有同学死于武斗之中。

整个"文革"期间，我和梁老师很少通信。通信中，他对我的称呼是"同志"。信里只说事情，不记观点，使我想起鲁迅的流水账式的日记。"同志"是一个流行的用词，但我知道，它出自梁老师的手笔，则具有了本来的意义。有一种挚爱、热忱、平等的尊重，一种心灵互通、彼此支持的温暖。

放弃与保留

20世纪70年代末，梁老师随同数十万"右派"一起获得改正之后，调至湛江市一所师范大学任教。我于1981年初秋到了广州，在一家刚成立的出版社做编辑工作。我们之间的空间区隔愈加遥远了。人生总是为命运所驱策，这是没有办法的事。

那时，"文革"结束不久，人们一面清理废墟，一面建造新的乌托邦世界。与20世纪50年代初一样，新事物不断出现，整个国家充满朝气。在拨乱反正、平反冤假错案的小旋风里，梁老师的好些旧日战友上门或写信动员他，要他找"关系"上访，争取恢复党籍。其实，他有不少熟识的人在省委省政府部门工作，包括由他介绍入党的人，可是他到底不为所动，一个也没有去找。加尼回忆说，父亲在家里亲自听到一位战友这样劝告他说："你不为自己考虑，也应当为后一代着想。"他的回答很决绝："为了儿女，搞这些东西更没有必要！"

据加尼的说法，梁老师于1945年参加广西钦县小董武装起义，担任起义大队的教导员，起义失败后，从此与组织失去了联系。当时，不少失散的地下党员都设法到广州读书。梁老师入读文理学院，随即加入省地下学联，并成为其中的骨干分子。1949年6月，由南方局安排，在东江纵队护送下，他以教导员身份赴香港开展秘密活动；11月调到广东省支前司令部，参与解放海南的战事。中华人民共和国成立以后，他自觉不适应省政府部门工作，主动提出从事地方教育的要求。他曾经对我说过，那时候太"纯洁"，除了革命还是革命，没有一点私念，土改时家里被评为"地主"也不知道。他说，只要稍为顾及一下家庭，结果总不至于如此。而且，以他对政策的了解，这个成分应属错划，但是，他没有出面纠正。他是"革命干部"，他相信党，相信群众。

"曾经沧海难为水。"几十年间，许多与革命相关联的珍贵无比的东西，梁老师都坦然放弃了。在高校，教授的身份是一笔可观的资本，所以评职称时争夺激烈。加尼说，因名额限制，有领导动员梁老师放弃申报，理由是他将来可以享受离休干部某个级别的待遇，论收入，职称无足轻重云云。他一样放弃了。

我不认为，放弃所有这些是出于虚无主义，或者揖让主义。所谓"水至清则无鱼"，梁老师洞明世事，确乎把一切看透了；然而，在透澈的理性里面，毕竟有游鱼在。我相信，不管他放弃了多少，始终有一份执意存留的东西，放不下的东西。

梁老师有一位战友，名叫林芳，原是他介绍入党的，曾一起到广西从事地下斗争，后来牺牲了。湛江寸金桥公园在20世纪90年代修建了一座烈士纪念碑，碑上铭记着粤桂琼南路游击队的革命斗争史，其中就刻有林芳的名字。纪念碑落成后，梁老师每年清明节都会买束鲜花，一个人来到碑前祭奠，默默地站几分钟，然后离开。年年如此，最后一年走不动了，乃由保姆搀扶着前去。

梁老师行动时没有告诉家人，保姆似乎也守着秘密，是学校的同事看见以后告诉加尼的。

永远的空白

自从来到广州之后，我与梁老师会面仅有两次，写信也不过寥寥几通。经过多次政治运动，尤其"文革"，我们都把通信视为危险的工具，根本不相信它可以用来讨论政治和思想问题。在我，唯是希望能够永远像一个中学生那样，勤勉地阅读和写作，以不太差的成绩，答报梁老师的特殊教育。每当出版新著，我必定最先题献给他，像交作业本一样。而他，每接到赠书，也必定及时复信，在"同志"下面，写上一段勖勉的话。

20世纪80年代，对知识界来说是一个"光荣与梦想"的时代，高歌猛进的时代，至今津津乐道。即使在那时，在我的印象中，梁老师依然抱持一种审慎的乐观态度。90年代是一个转折，但从此，我再也听不到他对时局的分析了。在电话里，跟通信一样，他是不谈论政治的。

退休之后，梁老师的身体大不如前，有一段时间患肠胃病，缠绵时日，我曾两次托人到香港买药寄去。后来腰部受伤，致使不能直立，他仍然坚持天天散步。有一次，他的一位中文系同事在电话里告诉我，梁老师的头部已经弯及腰膝，实在步履艰难，每次散步回家，中途都要歇息多次。我听罢大惊，想不到多年不见，先生已经衰残至此地步。这时，我不禁对着话筒说起梁老师让我敬重的种种，对方大为惊讶，说梁老师"述而不作"，大家对他的思想学问全无了解，除了上课，他平时是极少与同事交谈的。

岂止对同事如此，据加尼说，他们父子之间的交流也并不多。在加尼眼中，梁老师是一位严父，本来，他很想知道父亲从共产党人到民主人士到"右派分子"一路走来的详细经历，就是不敢提问，而梁老师也不曾主动说起。可以想知，梁老师的内心一定有一间幽闭的屋子，门扉从来不曾敞开，偶尔开启，也很难看清储存在屋子里的东西。

2007年秋，听说梁老师入院已久，便邀同另一位老师一起驱车赴湛江看望。出发前，我特地准备了一个厚厚的笔记本子，打算在湛江多留几天，仔细聆听梁老师的另一番讲述，把他几十年艰苦备尝的经验完整地记录下来。

下车以后，两人立即奔往医院。在走廊里，正好看见梁老师坐在轮椅上，由加尼和护士推着从卫生间里出来。我赶忙走上前去和他打招呼，他点了点头，清癯的脸上泛出笑容，似乎很高兴看到我们。到了病房门口，他示意让他下来。当他站到眼前，我发现他委实变矮小了，整个身子屈折成直角，走路简直如同爬行，从门口到病床，足足用了好几分钟。

梁老师不肯躺下，坐在床上跟我们说话。他的整个面貌没有太大改变，头发白了许多，精神却不见委顿；谈话时，眼睛仍然习惯地观察一般地定神看着我们，只是语速较从前缓慢。说过病情，他问我在什么单位工作，我颇感诧异，过了一会，又重复问了一遍。加尼解释说，经过一次中风，脑部大约留有血栓，此外，还有轻度的脑萎缩，记忆力已经不行了。我非常失望，同时感到悲哀。作为战士，他失去了阵地；作为演员，他失去了舞台；作为一个普通人，他失去了许多应有的权利，临到最后，连记忆与思考的权利都被剥夺了。

离开医院，整个晚上待在宾馆，夜来风声雨声，辗转反侧地睡不着觉。次日清早，只好向梁老师握手道别。

笔记本静卧在行李箱里一动未动，留下的是永远的空白。

次年暮春，加尼来电话，说梁老师已经病故。

一个被遗弃的革命者，沉沦民间的政治家，缄默的公共知识分子，内心流放者，就这样离开了这个他曾经为之奋斗、为之惊恐、为之忧患不已的世界。人们不会关注他，了解他，谈论他；世界毕竟广漠得很，不会理会一个无足轻重的角色。

愿先生安息！

2012年6月4日

同学记

是木叶黄落的时节。

窗前清理旧稿，见到年前写的《同学们》，不禁重新唤起青春时代的记忆。这时，我想起另外几位早逝的同学，并且吃惊地发现，他们的早逝都同"出身"有关。所谓出身，并非指个人职业，而是家庭成分的另一种说法。它是一个特殊的语词，嵌在"阶级斗争""全面专政"的时代背景中间。出身的好坏，关乎一个人一生的命运。不幸得很，我的这几位同学都出生在地富家庭。

20世纪80年代初，官方宣布取消"阶级"和"运动"，出身一词从此退出历史，不复有人提及。至今，连因当年写作著名的《出身论》而罹难的遇罗克，人们已经感到陌生，像我的同学这样卑微的人物，更是无人知晓了。

这几位同学或者死得惨烈，或者死得寂寞，其实，对众多的余生者来说，不见得有什么差异。我参加过几次同学聚会，大家谈笑歌舞，极尽欢娱，席间都不曾听到有人提起他们的名字。他们注定要被遗忘，社会从来重视大数据，个人算得了什么？何况，经过几十年严酷的教育，已经剩不下多少柔软的心灵，谁还会回过头去关注他者的生存呢？

1

郑明远是我小学时的同学。

他是南山村人，村子小，没有高小，只好和另外三位同学一起，跑六七里路到我们村里念高小。我们一同读书的时间其实只有两年，我坐前排，他坐后排，接触的机会很少。

印象中，他是一个喜欢干净的人。留着小分头，平常穿一件带条纹的白色衣服，传统的"唐装"，夏天把袖子挽起来，整齐干练。其实，人很安静，从来不见他大声说话，不时微笑着，态度温和有礼。

记不清是他主动借给我的，还是我出于好奇，从他手上讨来看的，他有两本书一直存放我处。其中，一本是余冠英编选的《诗经选译》，另一本是《古诗十九首集释》。两本书的封面，都用钢笔工整地写上他的笔名：舵远轼。不知道是什么意思，从字面看，好像与远道和舟车有关。那时候，我还在看《少年文艺》之类，明远的两本书，只看了小部分，并没有兴趣读完。许久以后，想起来不免觉得惊奇：一个小学生怎么懂得修读那样深奥枯燥的古书呢？他的堂弟告诉我，说他们祖父原来是一位私塾老先生，难怪他开蒙得早。

毕业后，我们进入不同的中学。1962年升读高一时，正值"小四清"运动开展期间。周末回家，父亲告诉我，郑明远的家庭在运动中被评为"新富农"，他上吊自杀了。

除了这个简单的消息，对于明远，其他一无所知。

在同学中，明远是第一个死去的人。他的死，给我带来无限的惊恐和哀戚。隔了几天，我写了一篇题为《吊》的短文，抄录在笔记本上。

到了高三，由于同学告发，俄语老师强迫我把载有诗文和日记的册子全数交出。学校展开对我的批判，"四清"工作组的冯队长把我找去，要我定期交代思想问题，其中就有《吊》。他质问：文章针对谁？为什么要同情一个仇恨新社会，自绝于人民的人？我至今记得他的一双恶狠狠的眼睛，始终瞪大着正对我。

"文革"初期，我被当成"牛鬼蛇神"给揪了出来，罪证仍旧是从前的几个册子。在批斗大会上，因为《吊》，郑明远队里的干部站上前来，挥动拳头，说我"为反动阶级的孝子贤孙鸣冤叫屈"，全场立刻腾起一阵高叫"打倒"的口号声。

郑明远究竟为何自杀？作为"四类分子"子女，所承受的政治压力固然沉重，难道仅仅为此，就值得付出生命的代价吗？

经过多方打听，知道引起他自杀的直接原因，应当是经济的窘迫和疾病的折磨。但是，在所有这些背后，社会歧视无疑是重要的推手。

初中毕业后，据说明远放弃了升高中的考试，选择在一个叫塘口的偏僻山区的小学里当教师。这地方地处边陲，离家乡很远，相隔愈远愈是感觉安全也是可能的。由于他为人和善，教学认真，很得校长同事和学生的喜欢。他根本想不到，一个学期过后，公社大队突然来人，跟校方交涉，说他家里评为新富农，不能留在外地教书，强令他回生产队劳动。校长没有办法，只好任由来人把他带走了。他的堂弟说，校长后来还给他补寄了两个月的薪资。

明远在生产队劳动一段时间之后，开始咳嗽、吐血，人崩溃般地消瘦，大家说他得了肺痨病。在当时，肺结核是完全可以治愈的。但是，不知道他是因为生活困难，还是出于绝望而自暴自弃，始终没有找医生。乡下人说，这是"富贵病"，除了药物、营养，还得有好心情，而他所缺少的，恰好就是这些。

后来，明远不再出勤了，整天关在自家的屋子里看书。他的房间是堆放柴火和草木灰的地方，没有窗户，空气浑浊。乡下房屋少，有许多人，特别是老人，往往被打发到这样的黑屋子居住。对于喜欢安静的人来说，幽居或许是合适的，但是对于肺病患者来说，这屋子无异于一头在暗中伺机扑杀的猛兽。

自杀之前，据说已经没有人愿意接近他了，只有两个小侄女会不时前来，给他一点生趣。他任由她们在身边戏耍，有时也会逗弄一下她们，然后照样沉埋在书本之中。

一日，台风将至。屋外顿然沉寂起来，天上乌云密布，偶尔飘下一点细屑，远方不时传来打雷的闷响。

明远的侄女描述他死前的情形，说这时，他买了一小包水果糖送到她们家里，跟小姐妹俩说："台风说到就到，房屋呀大树呀随时会倒下来，危险得很，千万别到我那里去。"侄女清楚地记得，他说完，伸手摸了摸她们的头发，笑了笑，然后缓缓走了。

过了几个小时，大人从田野归来，到明远居住的草间堆放稻草，这才发现，他已经凭借梁间垂下来的一条绳子吊死了。

我问：明远没有留下什么吗？有没有信件？他在纸上写画过什么东西没有？答说没有。他的堂弟说是床头留下一堆纸灰，大约他最后烧掉了一些什么。我猜想，那应当是他在寂寞中写下的文字了。

记得鲁迅说起珂勒惠支的版画时，有这样一段话："野地上有一堆烧过的纸灰，旧墙上有几个划出的图画，经过的人是大抵未必注意的，然而这些里面，各个藏着一些意义，是爱，是悲哀，是愤怒……而且往往比叫了出来的更猛烈。也有几个人懂得这意义。"想起明远，总让我想起他遗下的那堆纸灰。可是，他的家人，谁会注意这些呢？即便注意到了，又有谁懂得其中的意义？

灰飞烟灭。

自然，仅有的一点痕迹也很快没有了。

2

读初中时，梁有光比我低两届。我们的课室相隔大半个操场，每天从学生宿舍出来上课，我都要路经他的课室，所以经常碰面。

梁有光长得灵秀，面色红扑扑的，像个女孩子，但是活泼好动，尤喜打篮球。他有一个球友和我同一个村子，偶尔经过，便邀我一起玩。熟络之后，有光见面常常开玩笑，有时还扮个鬼脸。

有光的姐夫是邻村人，叫罗立庆，在我们大队里任信用社主任。罗立庆是三姐的同学，关系较好，到村里工作时，会顺道到我家聊聊天。一天，罗立庆告诉三姐说，小舅子有光被村里人给活埋了！

那时，父亲被打成"现行反革命"，我们成了惊弓之鸟。听到这个消息之后，有好几天眼前不时交替着出现两张脸：一张秀气的笑脸，和另一张没有眼睛的血肉模糊的脸。

关于有光的死，看不到实据，只听到几种不同的传说。

有人说，当时公社发现反革命组织，梁有光参与其中，于是大队派人把他捕获归案。又有人说，他毕业后几年，因为出身地主家庭，一直脱离生产队到外地打工，一个晚上偷偷回家，被村人发觉举报，于是立刻被抓了起来。还有人说，他是因为偷渡，或是别的什么案子，又或根本没有案子，被县"三结合"逮捕关押，然后移交给公社"三结合"的。所谓"三结合"，是1967年时出现的权力机构的一种组织形式，指军队、革命干部和群众代表的结合。所有机关名称都冠以"三结合"一词，专政机关也如此，致使当地人干脆用它指代临时监狱。所以，运动中会动辄威胁说："扭送到'三结合'去！"

无论出于何种原因，梁有光毕竟被关进了镇上的旧军房——"三结合"的临时囚禁地。

一位同样出身于地主家庭的同学敖昌祺告诉我，当时他就和有光关在同一间大房里。在那里，有光是"重犯"，被铐上了脚镣。他们两人同是"乐天派"，有光跟室友打牌，下棋，整天嘻嘻哈哈，丝毫不以重犯的身份为意。昌祺还特别说道：有一次，有光还曾戴着脚镣同室友赌摔跤输赢。场上，脚镣叮当作响，像伴奏音乐一样，室友们则站在四周不断鼓掌助兴。昌祺回忆起来，似乎余兴犹在，说那是一场很精彩的演出。

还有一种传说，说有光趁看守吃晚饭的时候越狱逃跑。路线同回乡的方向相反，数里之外就是九羌码头，有大小船只停靠。"三结合"的人员发现时已经很晚，于是当即全体出动追捕。

有光戴着脚镣，艰于行走，终于被追了上来。据说他当场对逮住他的民兵笑了笑，说："你赢了。"为此，我曾经向昌祺求证。昌祺说，"三结合"营房是隔离封闭的，两人后来对调过房间，彼此不知道对方的情况是可能的。

昌祺说，有光在"三结合"的时间不太长，他的大队便派民兵把他押回去批斗了。走前，有室友告诉他要当心，他不知道死神就在身后，还笑着偷偷对大家做了个鬼脸。

梁有光所在大队在"文革"中很激进，严格执行"阶级路线"，这时有光进入其中，可以想见，很难再有逃脱的机会。

与有光同大队的几位同学，对有光的死况不大与闻，连时间地点也说不清楚。有一位说得较为具体，还说有光死去的当天正是他的新婚之日，可是过了不久，又改称不大了然。从一开始，他们就不会把有光视为同类（"红五类"和"黑五类"确实不同类），所以，避之则吉是天经地义的事；平心而论，不投井下石已经很难得的了。

…… ……

有光死后，他的父亲悲痛不已，于是组织偷渡。我的三姐是参与者，据她说，有光全家人都在里面。买船，落船，过程都很顺利，岂料天有不测风云，船已驶出公海，一场特大台风突然来袭，只好折返。上岸后，偷渡者全数落网。

梁有光的父亲被判无期徒刑，三年后死于狱中。

3

梁正大出事大约在1968年左右。

当时，公社在侦查一个写"反革命匿名信"的人。为了辨认笔迹，各大队几乎把所有念过书的青年人都集中起来，指定学习同一篇"毛著"的短文，要大家当场抄写。有一个晚上，我也应召到了大队部，前后到来的有好几十人。人员到齐以后，各就各位，每人发一张白纸，全场肃静，只听得钢笔落纸的沙沙声。我真切地感受到了政治的力量，那气氛紧张到了极点。明知不是他们猎获的对象，心里竟也有鬼似的，仿佛自己就是嫌疑犯，有一种大难临头的焦虑感。

幸好很快案情大白。到处风传写匿名信的人已经逮捕，名字叫梁正大，梁维魁老师的儿子。我听了，没有同情，自然也没有愤慨，坦白说倒是大大地松了一口气。

梁老师是平冈中学的地理课教师，出身地主，大概个人成分属于教师或职员，所以不需要管制。我入学时，"反右"运动结束不久。听说他在运动中十分积极，指导我学习文学的一位"右派"老师，就遭到他致命的打击。但是，平日看上去，他们又显出很亲近的样子，让人猜不透是怎么回事。

在教师中间，梁老师的旧学根柢算是深厚的。有一段时间，我迷上古典诗词，课后有时会蹓到他家去。他家是一间红砖房，离我们的课室很近，却不同教工宿舍连在一起。红砖房建在低地里，屋前有一个菜园子，周围长着棘木，还有几株高大的柳树和桉树，夏日是阴凉的所在。门前摆着盆栽，菜地四近插满竹篱，一些鸡在外面的草地上来来去去，很有点田园风味。

说话的时候，常常见到梁老师的两个孩子在老远的空地上玩耍。大孩子是梁正大，那时不过十岁左右，正面见过一次，白白胖胖的，圆脸，眼睛很大。印象中，不像是一个活泼的孩子。严格说来，我和梁正大不能算是同学，称校友比较合适，他进中学的头一年，我已经离校往县城念高中了。

在校园里迎来"文化大革命"，这是梁正大的不幸。

论出身，梁正大是没有"造反"的资格的。但是，随着运动的开展，所谓"资产阶级反动路线"受到冲击，那些在学校里饱受歧视的"狗崽子"可以组织"战斗队"，在全国各地串联了。梁正大就是在这个时候到了北京的。在北京，他见到了当军官的叔父，据说他后来写匿名信投寄中央，那信封所写的信箱编号，就是从他的叔父那里弄到的。

显然这是无稽之谈。但是，对于一个初中学生来说，北京之行无疑大大地扩展了他的视野，给他灌注了更多的政治热情。在20世纪整个60年代，所有的青年学生都是"四个伟大"的信徒，那种狂热，今天已经无法想象。盛传梁正大通过匿名信向伟大领袖汇报阳春县的滥杀事件，应当是可信的。

1967年至1968年间，邻县阳春县由武斗引发杀害四类分子及其子女的事件，官方称为"乱打乱杀事件"[1]。据公开的史料记载，在此期间，全县含自杀及他杀在内，死亡人数达2664人。从1968年8月18日起，不足半个月，杀死1700多人；仅合水一地，十天内便杀死663人。

　　阳春的滥杀事件对梁正大构成直接的精神威胁，这是肯定的。事实上，阳江很快受到波及，多个地方出现乱打乱杀的情形。倘若出于自保，大约梁正大不会出此下策。经过两年的红卫兵运动，长期压抑在他心底里的造反的幽灵已然释放出来。面对滥杀的风气，很有可能是，他要做一个见证者、正义者，做这些遭受迫害的无辜者的代言人，让这种严重偏离"毛主席革命路线"的地方行为及时得到制止。

　　阳春县以及本地的滥杀现象在大半年内基本停止了，显然，这与梁正大的上书无关；"文革"结束后，阳春事件的少数谋划者和杀人者得到法律的惩处，同样与梁正大的上书无关。而梁正大本人，却明明白白撞倒在他意欲推倒的"死墙"上去了。

　　"文革"初期，形势混乱，集体杀人顶多被看作"阶级斗争扩大化"，所以杀人者可以逍遥法外。梁正大写信的动机如何不得而知，而信中的内容究竟如何同样不得而知，即使全属事实，也很难避免入罪。首先，按照当年流行的公式，阶级出身决定

1　此事件相关史料参见中共广东省委党史研究室著《中国共产党广东历史》第二卷，第546页。

了他的反动本质；其次，匿名的方式是不合法的，不被法律允许的。他不是企图把水搅浑，蓄意破坏社会秩序是什么呢？何况为了破案，兴师动众，影响可谓恶劣之极。当时有一句大家熟知的话叫"不杀不足以平民愤"，所以有人说，不杀已经算是宽大的了。

曾任阳春县委书记的马如杰，从"文革"发生时起即被长期关押。他在监房中得知全县滥杀现象后，同样以上书形式，秘密写成三个报告，向中央反映阳春"文化大革命"的"惊人情况"，署名为"阳春县城叛军法西斯集中营政治犯马如杰"。1969年8月，县革委会以"现行反革命"罪逮捕他，一审判处死刑，后改判有期徒刑十五年，直至1978年9月始获平反。连党内的"老革命"尚且遭此对待，身为"狗崽子"坐个班房，似乎也不能说太"冤枉"。

我曾了解过梁正大的几位同乡，没有人记得他被判多少年徒刑。据传，直到"文革"结束，他仍留在狱中。阳春事件开始清理时，他所在大队打算派人到监狱里开释他，他已经死掉了。有人说是病死，有人说是自杀，但都没有确证。

正大被捕时，很可能未满十八岁。问了好几位同学，大家印象中，似乎他并不曾经过公审和宣判，总之拉走之后就完了。

梁正大从小在校园中长大，如果不是同学，社会上连记住他名字的人也没有。如果有人记起他，一定是因为匿名信事件。

可以说,匿名信是他进入社会的出生证,他是为匿名信而活着的;然而同样地,匿名信也是他的死亡证书。

梁正大被捕不久,他的父亲梁老师随之去世。再后来,他仅有的一个弟弟疯掉了。也有人说没有疯,在县城里靠卖花生米度日,只要到公园去,就会听到他那机械般的叫卖的声音:

"花生米!花生米!五香花生米!……"

约莫过了三五年,这个声音也从公园里消失了。

4

在中学时代,说得上亲近的同学,大概只有敖道铎一个人。可是,初中毕业后,不同的生活道路把我们分隔开来了,从此不再有交集的机会。回想起来,心里总不免夹带着一缕悲哀。

道铎出身于地主家庭,父亲黄埔军校毕业,做过国民党军官,在大队属被管制分子。母亲在大饥荒年代饿死,有一个姐姐,听说很早出嫁,家境是贫寒的。

在县里,道铎的外祖父是有名的中医,我父亲和他外祖父熟识,大约因为这个契机,我们很早有了来往,而且很快变得密切起来。下自修课以后,我常常跑到他的教室里去,和他一起读文学书,电灯熄灭以后就点起煤油灯或者洋蜡烛,继续用功。后来,他班上有几位同学加了进来,像是一个读书小组。这时候,我干脆把床铺卷也搬到他的宿舍里去,五六个人的大米番薯放在一起，每人吃多少拿多少，颇有点共产主义的味道。临近毕业期间，同学们全都到教室上复习课，我被车尔尼雪夫斯基的《怎么办》迷住了，两天没有上课，一个人躺在大床铺上把小说读完。读书时，有一位同学偷偷拿宿舍的床板煮饭，耳边不时传来短促的劈柴声，至今记忆起来依然那么清脆。

　　我发现道铎身上有一种近于豪侠般的英雄主义气质。一天，我们说起萧三编的《革命烈士诗抄》，临时议定各念一首自己最喜欢的诗。我念的是："入蜀莫嫌蜀道难，助人吟兴是青山。此身未合名山住，尚有前途十八滩。"道铎念的是："大地春如海，男儿国是家。龙灯花鼓夜，长剑走天涯。"

　　在学校里，道铎做过两件近于恶作剧的事：一次在复习考试期间，他和班上的几位同学一起谋划袭击学校食堂的一名厨工。他们一致确认，这名厨工平日专门讨好校长老师，却克扣同学的饭菜，而且态度恶劣。一个下午，他们选定靠近粮仓的僻静路段，等候厨工路过时将其截住，临时找借口挑衅。大家一面吵吵嚷嚷，一面推推搡搡，厨工很快被按倒在地上，狠狠地打了一顿。我当时和他们在一起，可是没有阻止他们，只要想起来，心里便觉得内疚。还有一件事，是在升高中考试前夕，道铎不知同谁一起，半夜到教室里把班团干部的课本和复习提纲搬走了。第二天早上，发现课本失窃，在学校里是一件很轰动的事。由于考试在即，接着放假离校，校方因此也就不了了之。假期里，道铎主动说起这件事，脸上还飞扬着一种破坏的快意。

毕业后，道铎没有回家，一度住在县城中医进修学校里，随外祖父学医。他大概估计到日后从业困难，中途放弃了，从此开始了到外地打工的生涯。不少出身地富家庭的同学，都选择过这样漂泊的日子，我知道同届毕业的就有七八个人。

在辗转工地期间，据说道铎寻找到了一条可以徒步通往香港的隐秘小道。他经由这条"胡志明小道"，先后送多位出身不好的同学到了香港，而他，奇怪的是仍然留在大陆，继续做他的罗宾汉。

我毕业回乡后，他专程看过我几次，结婚后，还曾来过一次。最后一次送别，边走边谈，竟陪他一直走了七八里路。就在那次别后没几天，他突然被捕了。

张贴在墙上的布告赫然写着：敖道铎是一个"反革命集团"的头头，被判无期徒刑。我吓了一跳。联系到他的出身经历和个性，仔细想来，似乎不无可能。他出狱后，我曾问及他的"组织"，他说子虚乌有，完全是交友不慎所致。他对他的表弟说起时，干脆就说成是一个"局"，大约相当于今天报上说的"钓鱼执法"。对于这个从不言败的人，我心想，他总得为自己的失足行动寻找辩护的吧？

道铎服刑期间，我曾向他的亲戚打听过他的情况。据说他在狱中不服管制，总是用各种言语嘲弄管教人员；利用架子床做单双杠运动，在室内练习打拳、跑步，大约是20世纪60年代风行小说《红岩》中"疯子"华子良的一套。后来，他果然越狱逃跑，而且有过两次。被抓回来以后，免不了一顿毒打，因此落得一个致命的肺病来。

随着肺病愈来愈严重，道铎吐血很频繁，每次量也很多。在其舅父等人的奔走求告之下，大队终于出具证明，让他保外就医了。

道铎出狱后，次日就跑来看我。乍看之下，完全是另一个人，不知是不是赢瘦的缘故，整个人似乎拉长了一倍。读书时全身呈棕红色，一副少年闰土模样，此时面色苍白，且添了皱纹，只是说起话来还是大嗓门，残存着当年的一点英气。

头一次见面太仓促，我们彼此谈了一下分别多年的状况，他还问及班上一些同学，显然对过去有所系念，却没有多余的时间做深入的交流。第二次见面，也是最后一次见面，是我来省城工作的前几天，他带了两笼鸡前来，说是家养的，不费钱。其实，家无长物，无论补身体或者卖钱，他都比我更加需要。

他告诉我：过些天准备偷渡到香港去。我又吓了一跳，立即提出反对：一来他身体极差，根本承受不起哪怕小小的颠簸；二来仍是戴罪之身，一旦被捕，必受加倍的刑罚，于是力劝他在家静养，以健康为第一要务。他听了，笑了笑，说自己留在这里是没有任何出路的，不如拼死一搏。至今，我还清楚地记得他那坦然傲然的笑。在那笑的背后，一定视我的说话为庸人之见了。

临别时，他把一位在珠影厂做美工的狱中友人李平野介绍给我。说我初到省城，人地两生，有什么事情可以有个照应。到了省城以后，在一个会议上，偶然与李平野认识，后来成了朋友。老李出身于官僚地主家庭，毕业于上海艺专，因反对崇尚苏联油画，在校时遭受批判，其后经武汉辗转到了广州。"文革"时他随人一起偷渡，被判十年徒刑，妻离子散，非常悲惨。退休以后，他发愤绘画，终于成为著名画家。对于道铎为人，老李佩服得不行，给我说了好些狱中的故事。其中，说到道铎得了肺病之后，自忖不久于人世，每顿必先将二两米饭分成两半，自食一半，另一半分给室内重病号，或其他有需要的人。老李说道铎坚持做激烈运动，数年如一日，意志过于常人。其实，这于肺病患者是很不相宜的。所以道铎的表弟怀疑说，这是一种有意识的自戕行为。

认识老李不久，他告诉我说，道铎已经到了香港。后来又听说道铎得了友人的资助，到澳门开了家水果店，结婚生子，很是为他高兴。听老李说，道铎在给他的信中，曾问及我的一切。

"不若相忘于江湖。"我知道，因我刚从乡下出来，又在文化单位做事，不容易站稳脚跟，道铎不给我来信，唯怕他的事情连累我。"文革"批斗我时，就有恶意的同学拿我们在学生时代的友谊大做文章，道铎是知道的。

过了不多几年，他就在一次大吐血之后猝然去世了。

5

　　我与曾宪祥同学三年，却不知道他是地主官僚子弟。只知道他是白沙公社人，位于我们公社东北面，在那时看来，距离相当遥远。每逢周末，同学们纷纷回家，而他大多留在学校里。现在才知道，他的家境很坏，父亲早已到内蒙古劳改去了，而且一去便没有回来，母亲也已改嫁，弟弟从小送给了一家渔民。他有一个姐姐，见他偶尔回家，其实是到他姐姐的家里去。

　　在班上，宪祥不是那种活跃的角色。他本分，沉静，甚至有些腼腆。长相清秀，长长的睫毛，像是女孩子，说起话来也很清亮，带点齿音。由于他平日听话，守纪律，爱学习，行事低调，不爱张扬吵闹，老师都喜欢他。

　　作为同学，我们之间没有什么交情。那时，我课余的时间钻了图书馆，不大理会班上的事情，同学的情况知道得很少。宪祥的交往圈子也很小，较为亲近的，只有关则创，一个孤儿；如果算多一位，就是同样出身的陈廷政。平日里，宪祥就像一只鼹鼠一般，一声不响地没在同学群中，暗暗用功。

　　可是，宪祥没有能够考上高中。几年以后，我高中毕业回乡，他曾多次过访。原来，他毕业后无处安身，只得入籍继父处。那里地处山区，是一个十多户人家的小村子，叫南面岭，周围很少村落，闭塞得很。如果做买卖，只有两个圩镇可去，其中一个是我们公社的平冈镇。从南面岭到平冈镇少说要走三十里路，赶圩就得用上整整一天。宪祥到了南面岭以后，工余开始学烧炭，圩日便挑了满满当当的一担木炭到镇里卖。要是到平冈镇，回来时间尚早的话，便会折到我家歇脚。我们的初中课本有白居易的《卖炭翁》，描写说："满面尘灰烟火色，两鬓苍苍十指黑。"宪祥做了"卖炭翁"以后，除了双手略显黑色，全身上下十分整洁。他的眼睛似乎天生有点忧郁，但这时，我们交谈起来，却不见得他有太多的自卑和沮丧。大约在他看来，生活本来就是这个样子。

后来，他跟当地的一个妇女学会缝制衣服。到了圩日，他肩上的炭筐便换作了衣架子，穿着也跟着时新许多了。

在平冈镇，他跟关则创认识了镇小的一名姓林的教师。这位教师也是地主家庭出身，圩日凑到一起，大事小事无所不谈。据说贫协组长有一天通知教师，说他家的房屋侵占了公地，限期罚款，如果拿不出这笔款项，就得强拆。教师情急之下，找来则创和宪祥商量，希望寻得一条解决之道。

宪祥特地跑到他姐姐家借钱，姐姐说没有现钞，答允通过邮局汇寄。因为没有邮递员到南面岭，宪祥只好委托在农场工作的陈廷政代收，再转给教师使用。经过一段来往，教师对宪祥颇为赏识，便将大女儿林英许配给他。林英初中毕业，一直在热闹的街区长大，要一辈子在穷山沟里生活，应当是委屈了她。不过要是论出身，地主对地主，也算门当户对。

陈廷政从邮局里领到八十元，在当时是一笔颇大的数目，

相当于普通教师的三个月工资。农场场部接到举报，立即把陈
廷政传了去，追问这笔钱从何而来，作何用处。陈廷政据实回答，
但是场部并不相信，也不做调查，咬定是偷渡经费，要他坦白。
陈廷政拒不承认，立刻被隔离起来，长达数月，失去人身自由。
有许多天，他被绑定在一棵大树干上，挂着一个"反革命"的
牌子示众。

经过这次无妄之灾，此后，陈廷政再也不敢与曾宪祥联系。
到了20世纪80年代初，两个人都到了县城谋生，彼此知道居所，
都不敢上门造访，一直采取回避政策。

宪祥结婚之后，同林英一起，小心翼翼地缔造他们的生活。
等到手头有点积蓄时，恰好上头取消了"阶级"，小两口便高高
兴兴将家庭搬出县城，靠老手艺吃饭。而这时，宪祥又找到了
散失多年的弟弟，可谓"双喜临门"。在弟弟的帮助下，他开了
一个制衣工厂。工厂规模中等，订单不少，生意兴旺。据传他
在私下里很感庆幸，事实上，日子也是熬出头来了。

就在这时，宪祥一病不起。他得的是肝病，恶性，显然惊
恐和忧郁在他身上已然潜伏了几十年，重压之下，他无力化解。

在写作这篇小文之前，我读到苏联作家瓦尔拉姆·沙拉莫
夫的散文交响诗《科雷马故事》。这是一部伟大的著作。沙拉莫
夫以过人的道德勇气，记录了一代人的悲剧：恐怖、苦难和各

种各样的死亡。

沙拉莫夫1907年出生于一个神甫家庭。官方规定神甫的子女不准上大学，因此，他1923年以第一名的成绩中学毕业，也无法领取大学录取通知书。1926年，他通过首次自由选拔考入莫斯科大学，仍然因"隐瞒社会出身"而被除名。1927年，他参加了反对派的游行，高呼"打倒斯大林"的口号，其后又印发反对派文件，包括列宁遗嘱，两年后被捕。他先后被捕三次，在劳改营和流放中度过了二十年。

他七十五岁死于残老院，可谓命途多舛，可是毕竟能够写下《科雷马故事》，并且能够在国外出版。无论如何，这是幸运的。

把沙拉莫夫这样的大人物和我笔下的几个小人物联系到一起，似乎很风马牛。但是，毋庸置疑的是，这里同样碰到了一个沙拉莫夫所称的"人和世界相遇的问题"；具体一点说，就是出身问题。

同沙拉莫夫一样，我的同学都没能读上大学，其实，他们连中学都没有读完。他们没有过沙拉莫夫那样的文学训练，也没有沙拉莫夫那样到杂志社工作的经历；还有，沙拉莫夫除了劳改营和流放地，余下的生活都在莫斯科。我的这几位同学都是农村的孩子，没有见识过大都市的氛围，呼吸不到现代文明的空气。我曾经设想，要是让他们也能生活在都市里，让他们读完大学，他们完全有可能成为出色的工程师、医生、科学家，或者也能像沙拉莫夫那样从事写作。可是没有。更不幸的是，他们还没有长成，那么年轻，来不及踏入中年，便如枝头上那些青涩的果实一样，经不起一阵风暴，全被击落了。

沙拉莫夫比他们的平均年龄高出两倍多。上帝是可诅咒的。上帝没有给他们足够的时间。

2016年12月15日，夜。

同学们

1965年，中学毕业的日子。

为了重寻久逝的青春，分散在各地的同学有如归巢的鸟雀，在一个约定的暮晚，纷纷栖集到一家酒店。灯影迷离。一张张熟悉而又陌生的面孔次第展开，于是惊呼，欢笑，握手，拥抱……当年乌黑的发辫、闪亮的眸子、银铃样的朗读声哪里去了？但见苍白的鬓发、皱褶的肌肤、肥大的衣服、滞重的步履……许许多多场景如同电影镜头般化出化入，叠印在一起，不免令人心生感慨。

五十年，年华似水，不为我们留驻。那时候，我们端坐在明净的玻璃窗下，活跃在运动场上，在集体宿舍的架子床上，静听望瞭岭松涛的喧响，每个人都在心中描摹一个属于自己的梦想，并且喜欢把它称作"理想"。走出校门以后，或者经由我们选择，或者无须我们选择，脚下的道路往往把我们带向远离理想的地方。说起人生，我们都习惯使用"命运"一词。其实命运并不神秘，它是一种客观实存，只是我们事先不曾预见或事后无从索解而已。

> 我们今天是桃李芬芳，
> 明天是社会的栋梁……

弦歌一时，沧桑半生。

中学生的身份被改写以后，我们成为农民、工人、教师、医生、司机、警察、国家干部，成为木匠、石匠、泥瓦匠，成为捕蛇者、鱼贩子、偷渡犯、走私者、看门人……天上地下，五花八门，而今有了一个共同的名字：老人。五十年前，当我们枝干青青，被采伐下来做成各种材料，输送到共和国大厦的每个角落，有多少人曾经有过"栋梁意识"？而我们每个人都承受到了整座大厦的重量，这是的确的。至今，即使我们变得陈旧、朽腐而为新的材质所代替，犹能感受到居间巨大的压力。

1

我们是"长在红旗下"的一代。

从懂事时起，我们就开始接受阶级斗争的教育，看到过斗地主的骇人的场面。入学以后，我们填写表格，开始分类。地富子女在学校是受歧视的，被同学欺负的事时有发生，他们迟

20世纪60年代中学教学楼

迟无法戴上红领巾。戴红领巾是一种荣耀，入队宣誓的时候，我们被告知，我们是"共产主义接班人"。在"接班"的道路上，入团更进了一步，团员都是"苗正根红"的同学，是学校培养的骨干。他们比我们多出一枚团徽，佩戴在胸脯上红光闪闪，特别耀眼。

我们常常参加集会游行，节日时，还有大型体操表演。我们熟稔各种政治口号和政治歌曲。学校动员我们学习英雄人物，"学雷锋"就是一个学习运动。那时候，同学们想尽各种办法"做好事"，比如给街上的老太太提篮子，充当学校食堂的厨工，等等，然后到班会上汇报。还有更先进的同学，模仿雷锋日记，被张贴到学校的宣传栏上。

20世纪50年代，学校就有了"勤工俭学""教育与生产劳动相结合"的口号。我们经常到学校小农场或者农村劳动，各个班级都备有劳动工具，如锄铲畚箕之类。"大跃进"的时候，我们接连劳动，夜里也要参加抢割、修水利，当时叫"夜战"。最难忘是"大炼钢铁"。我们修建小高炉，挑砖头石块，拉手推车运送铁矿石；当然还有砸锅炼铁这样无比荒唐的事情。那时，人民公社公共食堂的盛期不再，"四菜一汤"很快消失了，饥饿开始袭击我们。记得有一个夜晚，全校师生给"钢铁基地"搬运砖石，实在又饿又累，几个小同学一起钻进路旁的灌木丛里歇息。我们睡了下来，想不到一觉睡到大天亮，被学校集体点名记过。

升上高中以后，来了"小四清"，接着是"大四清"。学校虽然有围墙同四周隔离开来，阶级斗争的空气却同社会上一样浓厚。有一位"右派"老师，曾经向我讲起他们父女俩的故事。在校园里，他女儿只要远远看见他，一定会绕道走开；假如周末或假日出街，也一定不与他同行，两人一前一后保持二三十米的距离。后来，他成了"牛鬼蛇神"，女儿曾从"牛棚"的后门进来探望过他一次，没有说话，留下一张字条转身便走，上面写的是："好好改造自己！""文革"后，在他重返讲台之际，女儿却患上精神病了。不要以为青年学生不谙世事，阶级斗争的环境促使我们早熟，教会我们保护自己，对周围的同学一样保持警惕。同学A告诉我，她有一天到监狱里探望父亲，意外地遇见同级的一位男同学，感到非常亲近。在回校的路上，他们边走边谈，可是刚踏进校园，大家就沉默不语了。此后，他们相遇也不敢打招呼，仿佛是陌生人，在他们之间从来不曾发生过什么事情似的。

高中正值"反修防修"时期，学校号召我们同"坏人坏事"作斗争，防止"和平演变"。团员和积极分子变得更加活跃，这些谢惠敏式的人物，有意无意间成为极左路线的保卫者。我们学会告密，打"小报告"，学会"上纲上线"，成人的一套全学会了。红卫兵的暴力语言分明从他们的父兄那里继承而来，怎么能算是他们的发明呢？

2

上高三时，时间逼近高考，许多同学急于做出优异的政治表现。不知道是哪位同学，把我存放在木箱子里的几个便条和几封短简弄了出来，交给"四清"工作组；接着，团支部组织委员带同俄语老师找到我，要挟我交出三册笔记本。于是，我随即成了"和平演变"的典型，受到学校的公开批判和工作组的个别审讯，并且指令按时缴交"思想汇报"，一直到毕业为止。"文革"时，我同样因这些笔记本的连累，被打成"小邓拓""牛鬼蛇神"而遭到批斗。

班会上同学们轮流走上讲坛揭发批判我的情景，五十年过后，历历如在目前。我不知道他们是否都还记得。人为的阶级斗争，毁坏了同学之间的友爱关系。毕业前，据说团干部和班干部被班主任选中，协助做同学的"政审"工作。为此，考不上大学的同学至今没能原谅其中的个别干部，可见怨愤之深。

据了解，在六五届高中毕业生中，几乎没有出身"五类分子"（"文革"时称为"黑五类"）家庭的同学考上大学。当时，"政审"相当严厉。同学B有一段高考插曲：一天，有同学私下告诉他，在政审记录里，他的家庭成分被定为"渔业资本家"。闻讯后，他立即赶返大队，向支部书记询问有关情况。地方最高长官发话道："就是渔业资本家嘛。"于是，他走投无路了。后来他考进了中医学院，据悉，他的成绩在学院历届考生中是最高的。他至今也不能确知，他没有被理想中的大学录取，是否受到"政审"的影响。土改评阶级时，他家缺评，所以，兄弟姐妹在填写相关表格时，有填"小商贩"的，有填"小土地"的，而他一直填写"渔民"。"四清"重评阶级，其实直到高考结束后几个月，县工作团才正式宣布他家成分的结论。戏剧性的是，"文革"后甄别阶级，据查土改档案成分空缺，便凭仅存的渔民证所录，改作渔民。几十年绕了一个大圈，重新回到原点。

同学C出身于镇上的一个工商业地主家庭。由于家道中落，他失去适龄入学的机会，整天顶着一个装满面包麻糖的大盘子，沿街叫卖，班车来时就赶到车站去，因为矮小，端了凳子爬上

同学们

车窗向乘客兜售。入学以后，他非常用功，加上天资聪颖，成绩一直名列前茅。高中时，我们都知道有一道著名的政治公式，叫"出身不由己，道路可选择"。C的选择很正确，就是希望做一颗螺丝钉，小心顺从地被装进某个孔洞，永远跟随大机器转动。高考结束时，他喜忧参半，喜的是成绩优秀，忧的是出身卑贱。事实证明他的忧虑并非多余，半年之后，这颗螺丝钉便和镇上的其他知青一起，被抛到海南岛农场去了。

　　流落天涯归来，C已结婚生子，被安排到镇上的一所中学教书。由于官员同学援手，后来调入县城里工作，还入了党，可是没干上几年就退休了。退休后，他开始信佛，蓄起一把居士式胡子，很少参加集体活动。五十年来，C是我在班上的同学中

同学们

间唯一长期保持联系的一位。我一直为他的遭际感到不平，同时，也为他现今的虚无倾向感到可惜。告别的午宴上，我向同学表示祝福时提到他，想不到的是，他竟当众失声痛哭起来！

3

六五届很特殊，这是1977年以前最后一届参加高考的中学毕业生。"文化大革命"的巨兽早已蹲伏在学校的围墙之外窥伺我们，只要跨出校门，它就立刻猛扑过来，使所有的同学猝不及防。

进大学的同学想不到校园会变成战场，开始的时候斗"走资派"，斗"学术权威"，后来分成两大派，占山头，抢武器，筑工事。战斗激烈时，几乎每个学校都有死人的事情发生。据大学生同学说，在校几年，学业固然荒疏，离校分配也很成问题。他们无法按照自己的意愿选择工作和生活的落脚点，乃至毕业多年以后，仍然得为遗留下来的问题，比如两地分居等而终日奔忙。

　　同学D入读某地医专，说是在校期间一共只上了几个月的课，自知作为一个专业医生的知识储备严重匮缺，只好改做行政工作，直到升任一家保健院院长。对于腐败的官场生活，比如跑官、贿赂，甚至性贿赂之类，他似乎颇憎厌。大约因为身在其中的缘故，说起来自嘲似的笑笑，不住地摇头。

　　同学E考进湖南某大学，据说因为说了什么犯禁的话，加上"派性"作祟，被打成"反革命"关押起来。出狱后，他被遣返农村老家劳动，时间长达十年，平反后，被安置到一家化工厂工作。五十年不见，整个人缩小了许多，我完全辨认不出来。苍老的躯壳里，只有一双小而圆的眼睛，剩下一丝学生时羞涩的神色。

　　沉重的农活足够重塑一个人，从外形直到内心。甲班五十年来一直在寻找同学F，后来打听到他已从僻远的山区迁来了市郊，便派G前去探访。电话里，约定第二天到酒店某房间会面。G清晨起来，按时到了酒店，不一会儿，有一个陌生人前来打听某房间所在。他问找哪位？对方报过姓名，原来就是F，于是拊掌大笑。可是，遗憾的是，这次聚会却又不见了F的踪影。

4

　　高考通知下达之后，城里那些考不上大学的同学，通通被动员下乡插队。在我接触到的同学中，没有一个人自愿下乡锻炼或贡献自己的，所谓接受再教育，还是后来的说法。他们集体取暖一般常常聚到一起，显得很彷徨。下乡的当天，虽然仪式盛大，告别亲人时毕竟难舍，据说不少人哭了，场面很悲壮。

　　六五届同学同一批下乡塘口。这是一个边远山区，他们被分配到各个生产队，有的生产队是连粮食也不能自给的，常常要家里周济。时间稍长，少数同学就设法滞留城里不再下去了。同学H告诉我，头几年大家的情绪不见太大波动；赶上圩市日便三五成群凑在一起，昏天黑地地喝酒笑闹。中途有一位年轻的女知青得了肺炎死去，大家的心里顿然起了恐慌，留下不可驱除的阴影。后来政策允许招工回城，出身好的同学一批批陆续走掉，余下多是"黑五类"子女，自然日见消沉。

　　H出生于地主家庭，土改时父母被迫离异，从小跟随母亲生活。及至她插队塘口，母亲却不得随迁，而被清洗回乡，相依为命的母女俩长此分离两地，无法互相照应。H是最后一批招工的。她当的是建筑工，习惯称小工，是专给师傅搬运泥浆木石的一种工作。这般吃力的工作一般是男人干的，而那时，她已经是两个孩子的母亲了。一天，我从乡下出城，恰好在上工的路上遇见她，说起招工的事，她是满意的。这次聚会谈起来，她说，建筑工干了整整四年，论劳动量比农活还要重几倍。但是，这个工作对她来说显得重要，是因为借此可以长期脱离农村，恢复一个城里人的身份，可以照顾母亲，而孩子也可以跟随她吃"商品粮"。吃农业粮和商品粮，在我们乡下称为"食谷者"和"食米者"，其间区别之大，是不亚于当时的"无产阶级"与"资产阶级"之分的。

由于毕业后户口一律迁回原籍，有些出身地富家庭的农村同学，即使满心希望加入上山下乡的队伍，借机逃往异地也不可能。论身份，当然这是等而下之的了。同学I一直赖在外婆家里，一年后她在外地工作的父亲被押送回乡管制，不久上吊自杀，从此更不敢返回老家。I是兄妹二人，大哥早年偷渡去了香港，在孤立无援的境况下，她决计走同样的道路。然而冒险没有成功，她被众民兵捆绑起来，据说先是挂牌游街，后是关押揪斗，可谓受尽凌侮。她不能不远走高飞，结果嫁给外县的一个木实的贫农子弟，在山沟里做一辈子农民。二十年前，我和省城的几位女同学一起邀她出来相聚，见她一身传统农妇打扮，大冬天跶着一双人字拖鞋，无端地想起在校时，她一遍又一遍高声练习俄语字母颤音发音的情景，背部不禁一阵发凉。

I没有参加大聚会，我特地给她挂了个电话。她说两个儿子远在深圳打工，孙子都交给她在老家照管，要做饭，接送上学，张罗生活。实际上，她只是勉强做着这一切。她告诉我，双眼因为视网膜脱落，手术不成功，快要失明了。

同学J在农村做民办教师，因为出身富农家庭，势利的媒人像躲避瘟疫一样远离他，快到四十还找不到"对象"。接连碰壁之后，他从古小说《隋唐演义》的传奇人物中找到灵感，发明"换婚"。他说服他的小妹，然后四处托人物色条件合适的同类家庭，结果成全了两桩婚事，有了下一代。聚会时，他告诉我这个"自救"的故事，并且颇自夸地说，20世纪70年代全县地富子女换婚的风气就是从他这里刮起来的。这种特殊的婚姻形式，为了达致生物学意义上的目的，注定有一方是牺牲者。可是，牺牲个人还是牺牲家庭呢？这是一道时代性难题，J大胆破解了。

套用老托尔斯泰的一个警句：幸福的人是相似的，不幸的人各有各的不幸。我和同学K谈到I的遭遇时，同时想到我们熟悉的两位同学，他们不曾犯罪，仅仅因为出身于地富家庭，便在"文革"中遭到活埋。比较起来，I是幸运的，因为她毕竟活着过来了！

5

"文革"结束时，我们年过三十，可谓大局已定。

大学同学毕业后，身份就是国家干部，跻身于社会上层，职业稳定。农村中的同学也很稳定，过去叫"顺民"，几千年来都为村庄和土地所束缚，除非灾荒和战乱，不然没有流动的可能。

同学们

倒是城里的同学，大批"倒流"的知青之间差别较大。比如招工，有的到"事业单位"，有的到"企业单位"，有的是固定工，称"铁饭碗"，有的是合同工，还有临时工；至今，即使"改制"，这种差别似乎也没有完全消除。

20世纪70年代后期，官员及相关智囊人物就"姓社""姓资"问题闹了老半天；事实上，一旦市场被打开缺口，就势不可遏地迅速扩展开来。80年代初，农村的同学大多抛弃承包的土地，远赴深圳、珠海、东莞一带打工。久居农村，没有背景，没有资本，加上人到中年，锐气和智力都已消磨殆尽，很少有人成为"包工头"。他们依靠勤俭的习性，当然还有运气，赢得一些积蓄，等到儿女长成了劳动力，便到镇上或城里买上一间房子，自己退居留守的角色。也有远征的战败者，最后甚至连人也找不到。

到了80年代中期，城里的同学变得躁动起来了。他们开起小店，卖水果，卖日杂，取名"士多"；或者抢租市场铺位，做批发或零售生意；或者做房地产老板、中介，没有资本便出租自家房子；开停车场，开维修站，开发廊，开各种工厂；或者创建公司……做知青的时候，他们想尽各种方法被招工，现在却可以壮着胆子"跳槽"，感到不合适便炒老板。一般来说，他们不愿意离开国营单位，想不到的只是，最后会变成"下岗工人"。我得知好几位同学先后下岗，日子颇为艰困。

摇滚歌手崔健唱道："这世界变化快。"80年代确实不同于六七十年代，多出了一些新质的东西。或许，所谓新质，原本便为我们所有，只是因为许多别的原因，在每个人的身上和周围环境中逐渐丧失掉罢了。

前后比较起来，变化最大的，当数出身"黑五类"家庭的同学。70年代末，由于官方宣布取消阶级成分，这些同学开始变得可以自由呼吸了。自由呼吸看似平常，其实事关重大；要知道，恢复事物的常态远比破坏它要困难得多。

通过聚会交谈，才知道同学K是"右派"的儿子。在联络同学方面，他表现十分积极，大声谈笑，且语带幽默。比较在校时完全是两个人。那时，他黑瘦个子，沉默寡言，显得很阴郁。他告诉我，他父亲原来是小学校长，当了"右派"之后，一直在劳改农场，家里没有经济收入。他说高中的学费是借了四五家亲戚的钱凑齐的，连三分钱的菜金也交不起，每顿只吃从家里带来的食盐下饭。我见过他装食盐的玻璃瓶子，为免除口味单调，有时就往瓶子里加放一点点香料粉。高考后，他随即回乡务农，直到父亲获得改正，安排在氮肥厂工作以至退休，才"顶班"成了工人。现今，他可以享受退休金，虽然菲薄，衣食是不成问题的。他庆幸当时从天上掉下来一个叫"顶班"的政策，不然，就得一辈子做闰土了。

6

从六六届开始，一连三届谓之"老三届"，因"文革"而被集体剥夺高考的权利。1977年恢复高考，即是针对"老三届"所做的一种补偿。六五届属于过去时，一般来说，是没有资格坐这趟末班车的。但我知道有两位同学加入其中应考，而且被录取了，其中一位是我熟悉的L。

L家一共三人：他，姐姐，还有姨妈。这位姨妈是家庭的灵魂人物，是她领着姐弟俩从省城返回县城，据说一生未婚，唯靠当女佣维持他们读书直至高中毕业。姐弟俩非常刻苦，下课回家即刻干起编织竹帽的杂活，以弥补家用。L成绩优秀，姨妈一心指望他成为一名大学生，结果是塘口的一个山村一并接纳了他们。他后来抽调做民办教师，再后来，招工做了某镇木工的学徒。命运的播弄使姨妈极为惊异，她对L感叹说："当初返

同学们

回本地时，有一个木工师傅要收你做干儿子，我不答应，想不到你到底做起木工来了！"

　　L的家世给同学以一种神秘感。我们感到迷惑：会抽烟的姨妈是什么人？据说L有父亲，为什么从来不见形影？L在聚会中为我解开谜团：原来他父母都是留日学生，父亲后来做了远征军日语翻译，为国民政府文职官员。1949年后，母亲病故，姨妈接受母亲的嘱托，负责抚养姐弟俩长大成人。父亲因历史问题，被打成"历史反革命"，清洗返回原籍。为此，他不服上诉，最后法院判决为无罪，不戴"帽子"。"文革"结束后，他在省城开办外语学校,重操旧业。折腾了几十年,父子俩长期断绝联系,等到恢复较为正常的关系时,L已经是一名大学生了。

全年级有几位出身地主家庭的同学,为了谋生,土改时给贫下中农做养子。M是其中的一位。在校时,他天天到漠阳江练习游泳,以期未来某天偷渡。"文革"结束后,却是以书面申请的形式获准到了香港,算是如愿以偿。五十年聚会归来,同学们很觉讶异,他签名时,竟填写了一个谁也不认识的奇怪的姓名。宴会上他要求发言,特意告诉大家,说读书时用的是养父的姓,名字也是后来起的,到香港后才给恢复过来。原来,熟悉的是虚假的,陌生的才是真实的。至于少年身世,他闭口不谈,全省略掉了。

我发现,"黑五类"出身的同学大多不愿意回顾家庭历史,不愿意向他人,包括子女在内讲述个人被损害的经历。N在交谈中,仅透露一点过往的鳞爪,已是动魄惊心。

N的父亲是被镇压了的。那时,她7岁,妹妹5岁。她母亲嘱咐她带同妹妹一起到大街上去,等父亲的囚车经过,好看父亲最后一眼。后来,母亲改嫁,N随之进入一个工人家庭,于是得以顺利地读书,入队,入团,直至升上高中。毕业后,她被临时安置到居委会,做街道宣传工作。"文革"刚刚开始,她按照上头的布置,刷标语,写大字报,"横扫一切牛鬼蛇神"。一天起来上班,突然发觉居委会贴了她的大字报,揭发她隐瞒阶级成分,是混进革命队伍内部的敌人。她害怕极了,连夜逃出县城，此后一连几年不敢露面。

　　N的母亲也遭到了清洗，N的户口没有了，不但无家可归，还要躲避民兵的追捕。她在外地流浪的情形不得而知，据说辗转多个工地，干过不少重活，可以想象，一定尝尽了苦头，但因此也锻炼了她的意志和胆魄。她的婚姻情况自然也不得而知，从后来有资本开砖窑看，境况应当是优裕的。再后来，她做起"包工头"，承包建筑工程，做房地产生意，足迹遍及四川、江浙、东北多地。几年不见，这回见她红光满面，比从前胖了许多。

7

　　行色匆匆。

　　三天后，聚会结束了。三天走过了五十年，时间是如此稠密，如此短暂。

　　没有歌唱，没有舞蹈。一阵沸腾过后，我们渐渐安静下来，沉淀下来。宴会后，我看见同学们两个、三个、四五个凑在一处，倾谈同时成为我们最热切的需要。在旅馆里，在大路旁，在红树林公园内，在南海一号博览大厅里，在无遮的海滨，我们合影，重温桃李芬芳的时刻；更多的时候，是在打听暌隔已久的岁月里彼此的去向，各自奔走的或者坦直或者坎坷曲折的行程。我们不问社稷苍生，关心的只是个人的生存。

　　其实，时代就活在我们的生存之中。我们看到，这是一个

同学们

严峻的时代。在阶级斗争的岁月里，我们被训练成政治动物，互相缠斗、伤害、牺牲，直到疯狂的"文革"。"穷过渡"的时间太长，实际上支配了我们成长的所有环节。我们头脑简单，面色苍白，一无所有。而经济改革的时机又来得太迟，我们已经没有了犹豫、等待、讨价还价的资本，只好抓紧时间的辔头，急起直追，直到筋疲力尽。当我们一起回顾来路的时候，多么需要一种理性，一种觉悟，把众多个人的命运拧在一起进行省思。

可是我们没有。我们是现实主义者，我们活得这样紧迫，一代人没有理想主义的东西。我们追求的，唯是一种最低纲领的物质生活。所以，当我们从记忆回到现实中来，这时，使用

教学楼一角

频率最高的词便是：养老金，医保，健康。"今夕复何夕，共此灯烛光。"珍重今宵吧，在座中人，没有谁会谈论明天，谁去谈论"明天"呢！

为了告别的宴会。干杯！我们站了起来，每个人都把笑容写到脸上。干杯，干杯，再干一杯！最后，我们把所有的不甘、无奈、伤感都藏匿了起来，只说祝福的话：

——友谊地久天长！

2015年11月7日

写在《故园》后面

两三年前，我写过一篇纪念母亲的文字。发表后，很想捎带一本杂志给病中的三姐，然而不能。其时，她已经和魔鬼签订了合约，愿意接受苛刻的条件，将自己幽囚起来，直至离世。

三姐的病故使我伤感、迷乱，头几个月一直处于一种悬空状态，几乎不能做事。我还原成了一个没出息的孩子，想远去的亲人、故家、门前的空巷，想邻居和许许多多熟识的村人。这时，乡愁就像雾霾般地包围了我。

乡愁是一种疾患。怀乡病是摧毁性的。当楚霸王项羽和他的子弟被置于四面楚歌的境地时，乡愁为乡音所诱发，致使全体军队顷刻瓦解。像我这样天生脆弱的人，如何可能抵御乡愁的侵袭？幸好写作已成积习，一旦重新开始，总算由文字的带动，使自己从一片灰黑色地带慢慢地走了出来。

开始时，我从零乱中极力寻找记忆的碎片，意图拼凑一篇关于三姐的文字，结果不能成章，终止了。由此出发，不期然陆续写成另一组文字，都是记叙村中的小人物的。这里走过三代人，其中有几位还是三姐的同龄人，他们的命运，贯穿了中国南方一个村落的七十多年历史。没有田园诗。虽然村子周围的原野、道路和林木，以及父老兄弟在田间劳动的场面，可以构成中世纪式的恬静的风景，但是所有这一切，都只是镶嵌在一部乡村命运史中的细节而已。整部历史是嚣骚的、冲突的、撕裂的，即如一条浑浊的河流，常有不测的风涛兴起。

我和三姐在一起时，谈说最多的莫如村子的人和事。每当我从乡下回城，她必先向我打听村中的变化，若然听到有关衰败一类消息，便会一边评论一边叹息。此后，我是再也听不到三姐的声音了，而村子，无论风晨雨夕，却依然留在那里。

多年以前，曾经想到写一本关于乡村的书，一直未能如愿。今夜暂且编就一个集子，把有关家乡的文字，连同中学时代的内容归到一起，借以安抚自己，并以此送别逝去的三姐，愿她安息！

征得郑慧洁同意，集子中收入她写的《阿毛》一篇。文章不长，可以读作一个肇始的大时代的小小的脚注。作者是我的同学、妻子和友伴，喜欢文学，也曾发表过少许文字，但是中途放弃了。她有一篇名为《青春提前结束》的自叙文，写的是家庭出身对她在校时的消极影响。据说人的一生，青少年时期的经历是决定性的。或许，在我们认识之前，她就早已丧失掉发展自己的信心了吧？

于是，不为自己码字，却为我的几百万字手稿做起了誊写工。坦白说，我在感激的同时，不免多少替她感到不甘。

2020年2月19日，深夜3时